KB184390

마흔에 읽는 철학

마흔에 읽는 철학

삶의 지혜가 필요한 당신을 위한 철학 한 스푼

지혜의 숲
지음

M mindself

프롤로그

처음 유튜브를 시작했을 때는 고민이 많았다.

"철학이란 주제가 과연 사람들의 반응을 이끌어 낼 수 있을까?"

"철학에도 사람들이 관심을 가질까?

초창기부터 자신에게 이 질문을 끊임없이 던졌고,

어떻게 하면 더 쉽고,

더 재밌게 많은 사람에게 도움이 될 내용을 전달할지 고민했다.

그런 고민 덕분인지,

'지혜의 숲' 채널은 많은 분들의 사랑으로

채널을 운영한지 어언 1년이 넘어 2년을 향해 가고 있다.

생각보다 많은 분들이 철학에 관심이 많으셨고,

채널의 영상을 좋아해주셨다.

많은 도움을 받아간다며 감사의 의견을 남겨주실 때 마다

부족한 영상을 사랑해주는 분들께 감사한 마음과 함께,

부끄럽다는 생각이 들었다.

"더 쉽고, 더 좋은 내용을 담을 수는 없을까?"

"어떻게 하면 더 많은 사람들에게 도움이 될까?"

"사람들이 가장 고민하는 것은 무엇일까?"라는 고민을 수 없이 했고,

지혜, 철학을 다루는 채널답게 직접 쓴 책을 통해

많은 분들의 삶에 도움을 드릴 수 있지 않을까 라는 생각을 꾸준히 해왔다

그런 고민의 결과였을까, 간절한 바람 때문이었을까

운이 좋게도 출판사와 연이 닿아

이 책 '마흔에 읽는 철학'이 출간됐다.

마흔이라는 나이는 인생의 중요한 전환점이라고 생각한다.

젊다고 하면 충분히 젊은 나이이고,

무엇이든 할 수 있는 나이지만

마흔에 들어서면 젊음의 패기는 조금씩 뒤로하고,

삶의 진정한 의미를 찾기 시작하는 시기가 아닐까 싶다.

이 책, '마흔에 읽는 철학'은 우리의 삶을

어떻게 하면 더 현명하게, 더 의미 있게 사는 방법을 담고 있다.

인간관계에서의 고민, 인생에 대한 고민, 스스로의 감정, 돈, 성공
에 대한 열망 등

여러 고민들이 가장 많이 드는 시기가 바로 마흔이라고 생각한다.

사실 이런 고민들은 전부 철학과 깊은 연관이 있다.

우리는 종종 철학을 어렵고 복잡하고

뜬구름 잡는 학문이라고 생각하곤 한다.

하지만 철학은 결코 멀지 않고,

우리 삶과 관련이 없지 않다.

오히려 우리의 일상 속에 스며들어 있는

삶의 지혜를 탐구하는 하나의 과정이 철학일 뿐이다.

철학은 어렵고, 일상에 아무 도움이 안된다는 편견을 버리기 위해

고대부터 현대에 이르기까지 다양한 실제 사례를 바탕으로

실생활에 도움이 되는 철학적 사유를 직관적으로 풀어내어,

지금 당장도 적용이 가능한 내용들을 담고 있다.

이 책은 독자 여러분이 더 나은 삶을 향해 나아가는 데 필요한 통찰
을 담고 있다.

부디 이 책을 읽는 독자분들이 '마흔에 읽는 철학'을 통해 새로운 시
각을 얻고,

일상에서 실질적으로 활용할 수 있는 지혜를 발견하여

삶이 더욱 행복해지는 기회가 되기를 소망한다.

차례

4

돈과 인간관계

5

성공 마인드셋

1

인간관계 스트레스에서
벗어나라

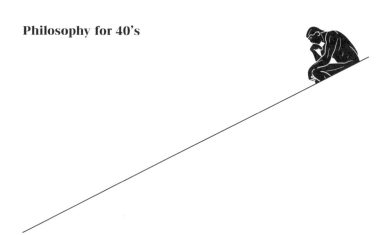

남의 눈치를
볼 필요가 없는 이유

갈릴레오 갈릴레이는 17세기 이탈리아의 천문학자, 수학자, 물리학자로, 지동설, 즉 태양이 우주의 중심이며 지구가 그 주위를 돈다는 이론을 옹호했다. 당시 대부분의 사람과 교회는 지구가 우주의 중심이라는 천동설을 믿었다. 갈릴레오의 이론은 교회의 교리와 직접적으로 대립했으며, 이로 인해 그는 이단심문에 회부되어 결국 자신의 이론을 부인하도록 강요받았다.

그러나 갈릴레오는 자신의 신념을 굽히지 않았고, 생명의 위협을 느끼면서도 연구를 계속했다. 그의 연구와 발견은 후대에 큰 영향을 미쳤으며, 현대 과학 발전의 기초가 되었다. 갈릴레오의 경우처럼, 만약 그가 당시 사회의 압력이나 남의 눈치를 보며 자신의 신념을 버렸다면, 현대 천문학은 지금처럼 발전하지 못했을 수도 있다.

이 사례는 우리에게, 남의 눈치를 보지 않고 자신의 신념과 가치를 따르는 것이 얼마나 중요한지를 일깨워준다.

쇼펜하우어는 "다인의 시선으로부터 자유로워져야 힌다."고 말했다. 대부분의 사람들은 타인의 시선에 자유롭지 못하다. 세상을 살아가며 남을 신경 쓰지 않을 수는 없다. 하지만 내가 하려는 행동이 옳다고 생각한다면, 나와 관련도 없는 타인의 시선을 신경 쓰며 눈치를 보는 것은 정신적이나 시간적으로 큰 손해일 수밖에 없다.

한 번 살아가는 인생에서 내 인생의 주인공은 남이 아닌 나다. 그렇기에 모든 사람에게 인정받기 위해 눈치 볼 필요는 없다. 남이 나를 인정하는지 여부와 관계없이 내가 하는 일이 옳다면 묵묵히 밀고 나가면 된다. 모든 사람을 맞추며 일일이 그들의 눈치를 보지 말고, 나와 결이 맞고 나와 함께할 사람들에게 신경 쓰고 더 잘하는 것이 낫다.

어차피 이 세상을 살아가며 나와 별 관련도 없는 대다수의 사람이 나를 어떻게 생각하는지는 크게 의미가 없다. 모든 사람에게 인정받는 것은 불가능하고, 이 세상을 살아가는 데 아무런 도움도 되지 않는다. 게다가 나를 부정하는 사람의 생각 역시 정답이 아니며, 타인의 생각 대부분이 정답과 거리가 멀다는 사실을 알면, 나와 관련도 없는 타인의 견해는 별 대수롭지 않게 여길 것이다. 그들이 나를 가르치려 드는 말은, 굳이 들을 필요도 없는 잡소리처럼 느껴질 것이다.

그렇기에 더 이상 나와 별 관련도 없는 다른 사람들에게 인정받기 위해 자기 자신을 굽혀가며 타인의 눈치를 볼 필요가 없다. 그들에게 인정받으려 하지 말고, 그저 "저 사람의 의견은 그렇구나." 라고 생각하면 그 뿐이다. 세상을 살아가면서 내가 진심으로 신경 써야 하고, 함께 나아갈 사람은 그리 많지 않다. 그렇기에 모든 사람을 만족시키기 위해 눈치 보지 말고, 나와 결이 맞는 사람을 위해 힘써라.

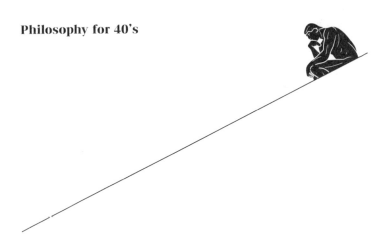

사람을 볼 때
반드시 봐야 하는 4가지

율리우스 카이사르는 고대 로마의 군인
이자 정치가로, 로마 공화국의 종말과 로마 제국의 시작을 알린 인
물이다. 그는 자신의 권력을 강화하기 위해 많은 정치적 동맹을 맺
었고, 여러 사람들과 인간관계를 형성했다. 그 중에서도 가장 신뢰
했던 인물이 브루투스였다. 브루투스는 카이사르의 친구이자 정
치적 후원자였으며, 카이사르는 그를 자신의 아들처럼 여겼다.

공화정을 지지하는 일부 세력은 카이사르를 위험 요소로 여겼
고, 이에 브루투스를 포함한 일부 의원들은 카이사르에 대한 암살
계획에 동참하기로 결정했다. 결국 기원전 44년 3월 15일, 카이사

르는 상원에서 의원들에 의해 23차례 칼에 찔려 죽음을 당했으며, 그중에는 카이사르가 그토록 믿고 아껴왔던 브루투스의 칼도 포함되어 있었다. 카이사르는 죽기 직전에 "브루투스, 너마저?"라고 말했다고 전해진다.

우리는 인간관계에서 많은 사람을 만나게 된다. 여러 사람 중 운이 좋게도 좋은 사람을 만날 수도 있지만, 사람을 잘못 봐서 해가 되는 사람을 만날 때도 있으며, 나에게 상처를 주는 사람을 만날 때도 있다.

그렇기에 우리는 사람을 잘 봐야만 한다.

만약 누군가가 진짜 괜찮은 사람인지 아닌지를 알고 싶을 땐 이 4가지의 기준으로 판단하면 된다.

첫 번째

남의 비밀을 말하는 사람은 피하라.

새장을 벗어난 새는 다시 잡을 수 있으나, 한 번 내뱉은 말은 되돌릴 수 없다. 말 중에서도 특히 비밀은 더욱 신중히 다루어야 한다. 그 이유는, 비밀을 지키는 일은 아무리 지혜로운 사람에게도 어려운 과제이기 때문이다. 비밀은 붙잡으려 해도 한순간의 방심으로 떠나간다.

그러므로 타인의 이야기를 들었을 때는 머릿속에서 잊어버리는 것이 현명하다. 주변 인간관계를 살펴보고, 말을 함부로 하는 사

1. 인간관계 스트레스에서 벗어나라

람은 멀리하는 것이 좋으며, 스스로를 돌아보며 남을 비난하는 것을 경계해야 한다. 물고기가 입으로 인해 낚싯바늘에 걸리듯, 사람도 입으로 인해 문제에 처할 수 있다. 그렇기에 남의 비밀을 말하지 않는 것도 중요하지만 자신의 비밀 역시 타인에게 말해서는 안 된다.

비밀을 들었을 때 가장 큰 고통은 그것을 말하고 싶은 충동을 억제하는 것이다. 타인에게 비밀을 말하게 된다면 타인을 고통스럽게 하는 깃이다. 만약 타인으로 인해 비밀이 드리난다면, 그깃은 더 이상 남 탓을 할 필요도 없고, 그저 비밀을 경솔하게 누설한 자신의 책임으로 여겨야 한다.

두 번째
스스로 떠벌리며 과시하는 사람은 피하라.

자신의 지혜를 과시하려 시끄럽게 떠드는 사람들이 있다. 그러나 진정으로 많은 것을 아는 사람들은 시끄럽게 떠벌리지 않고, 오히려 침묵을 지킨다. 빈 깡통은 소리가 나지만, 속이 가득 찬 깡통은 묵직한 것과 같다.

지혜로운 사람은 말수가 적다. 그들은 이미 충분히 알고 있기 때문에 불필요한 설명이나 과시를 하지 않고 간결하게 이야기한다. 그들은 조용히 상황을 관찰하고, 필요한 순간에만 신중히 조언한다. 반면, 아는 체하는 사람들은 항상 시끄럽다. 그들은 자신이 알고 있는 것을 과장하고, 주목받기 위해 핵심도 없는 이야기를 늘어놓는다. 그렇기에 그들의 말은 딱히 내용도 없으며, 길고 지루하다.

진정 아는 사람일수록 오히려 겸손한 모습을 볼 수 있다. 이는 알면 알수록 자신의 부족함을 알기에, 끊임없이 배우고자 하는 태도로 삶을 살아가기 때문이다. 함부로 떠벌리기보다는 신중하게 대답하는 사람, 말보다는 행동으로 보여주는 사람이야말로 진정으로 지혜로운 사람이다.

세 번째
타인에 대한 존중이 없는 사람은 피하라.

존중은 우리 삶의 중요한 부분이자 인간관계의 핵심이다. 자기 자신만 생각하는 사람은 결국 외로워질 수밖에 없고, 타인을 존중하는 사람은 더 좋은 관계를 만들어 나가며 더 행복해진다. 진정한 존중은 상대방을 소중한 개인으로 인정하는 것에서 시작된다. 모든 사람은 타인이 자신을 존중하는지 아닌지를 느낄 수 있기 때문에, 우리는 더욱 타인을 존중해야 한다.

남을 존중하는 것은 어렵지 않다. 가장 쉬운 방법은 자신의 감정을 솔직하게 표현하는 것이다. 고마우면 "고맙다" 라고 말하고, 미안하면 "미안하다" 라고 말해야 한다. 상대방은 우리의 마음을 읽을 수 없기에, 말로 하지 않고 마음속으로만 감사하는 것은 진정한 감사가 아님을 명심하라.

1. 인간관계 스트레스에서 벗어나라

네 번째

다른 사람들과 자주 다투는 사람은 멀리 하라.

다른 사람들과 자주 다투는 사람은 멀리하라. 싸움이란 인간관계에서 아무런 이득이 되지 않는 어리석은 짓이다. 밀가루 장수와 굴뚝 청소부가 다투게 되면, 양쪽 모두 상처만 입는다는 것을 생각해 보라. 밀가루 장수는 까맣게 더러워지고, 굴뚝 청소부는 흰 밀가루로 뒤덮이게 된다. 이와 같은 이치로, 인간관계에서도 싸움은 멀리해야 할 행위다.

싸움은 자신의 주장만을 강하게 밀어붙이는 저급한 시도에 불과하며, 그 순간은 문제가 해결된 것처럼 보일 수도 있지만 결코 진정한 해결책이 될 수 없다. 싸움은 오히려 서로 간의 상처만 깊게 하고 관계를 더욱 악화시킬 뿐이다. 인생에서 참된 재산은 좋은 친구를 만나는 것이다. 싸움은 이 귀중한 재산을 스스로 버리는 가장 빠른 수단이다. 우리가 삶에서 만날 수 있는 사람의 수는 한정되어 있고, 소중한 사람들은 더욱 한정되어 있다. 이처럼 소중한 이들과의 관계를 싸움으로 인해 잃어버려서는 안 된다.

지혜로운 사람들은 남들과 싸우지 않고, 대화로 문제를 해결하려 애쓴다. 감정적으로 자신의 주장을 밀어붙이기보다는 상대방의 입장을 이해하려 하고, 서로에게 이익이 되는 해결책을 찾으려 노력한다. 스스로 남들과 자주 다퉈서 고민이라면 자신을 돌아볼 필요가 있다. 나에게 어떤 부족함이 있는지, 비록 내가 옳다 할지라도 어떻게 더 나은 해결책을 찾을 수 있었는지를 고민해야 한다. 싸움은 일방적으로 만들어지는 것이 아니라, 두 사람이 만드는 것이기에 결코 한 사람만의 잘못은 아니다. 따라서 인간관계에서 다툼이 잦다면 자신을 돌아보는 시간이 필요함을 명심하라.

1. 인간관계 스트레스에서 벗어나라

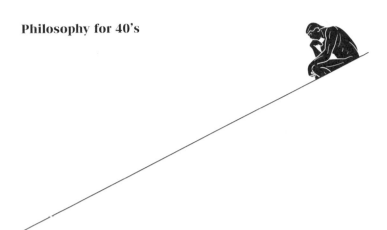

사람을 겉모습만 보고
판단하면 안 되는 이유

삼국지연의에서 유비는 제갈량을 맞이한 후 그에 필적할 만한 인물인 방통을 맞이하게 된다. 방통은 무척이나 지혜롭고 능력 있었지만 외모는 추하다고 평가받는 인물이었다. 유비는 그의 외모를 보고 실력까지 형편없을 거라 생각하여, 오직 외모 때문에 방통을 시골 마을 뇌양 현의 현령으로 임명했다. 하지만 방통은 그곳에서 업무를 제대로 처리하지 않았고, 일을 안하고 매번 놀기만 한다는 소문이 유비에게도 전해졌다. 유비는 진상을 파악하기 위해 자신의 의형제인 장비를 보낸다.

장비는 뇌양 현에 도착해서 방통이 그동안 아무것도 하지 않고 놀고만 있었다는 것을 직접 보게 된다. 장비는 방통을 직접 찾아가 비난했다. "형님께서 너에게 이런 중요한 자리를 줬는데, 네가 이렇게 게으르다니 믿을 수가 없다." 방통은 이러한 장비의 비난에 당당히 맞섰다. "내가 정말 일을 하지 않았다고 생각하느냐?" 방통은 다음날 관리들에게 밀린 사안들을 모두 가져오게 했다. 장비의 눈앞에서 방통은 민첩하게 민원을 처리했다. 귀로 듣고, 눈으로 확인하며, 입으로 지시를 내리고, 손으로 결과를 기록했다. 반나절이 채 되지 않아 방통은 그동안 밀린 업무를 모두 마쳤고, 그의 판단에 반대하는 이는 아무도 없었다.

장비는 방통의 능력에 깊이 감명받고 방통에게 사죄한다. 방통은 그제서야 제갈량과 노숙으로부터 받은 추천서를 보여주었다. 장비는 놀라움을 금치 못하며 왜 이 추천서를 먼저 보여주지 않았냐고 물었다. 방통은 "만약 처음부터 추천서를 내밀었다면, 나의 능력보다는 그들의 영향력에 의지한 것처럼 보였을 것"이라고 답했다. 유비는 나중에 이 모든 사실을 듣고 후회하며 크게 감동했다.

이 이야기는 겉모습이나 첫 인상만 보고 사람을 판단하면 안 되는 이유를 말해준다. 우리는 종종 사람을 처음 만났을 때 겉모습에 현혹되거나, 편견에 사로잡혀 상대방을 오해하기도 한다. 이처럼 겉모습만 보고 사람을 판단하는 것은 인간관계에 큰 방해가 될 수 있으며, 스스로에게 손해를 끼칠 수도 있다.

실제로 우리가 살아가고 있는 세상에는 인성도 좋고, 능력도 뛰어난 사람들이 자신의 모습을 숨기고, 보이지 않는 곳에서 조용히 노력하는 경우가 많다. 이들은 겸손하고 어리석어 보이는 모습 뒤에, 깊은 생각과 뛰어난 능력을 가지고 있을 수 있다.

예를 들어, 어떤 사람은 남들 앞에서는 겸손하고 조심스럽게 행동하지만, 실제로는 날카로운 판단력과 뛰어난 전략적 사고를 가진 리더일 수도 있다. 또 다른 사람은 어리석고 경솔해 보일 수 있지만, 사실은 독창적인 아이디어와 문제 해결 능력을 지닌 창의적인 사고자가 될 수도 있다.

따라서 우리는 사람을 처음 만났을 때 단지 겉모습만 보고 상대방을 판단하기보다는 그의 말과 행동, 그리고 그 뒤에 숨겨진 의도를 깊이 이해하려 노력해야 한다. 또한, 편견 없이 열린 마음으로 사람들을 대하고, 그들의 진정한 모습을 발견하려 노력하는 것이 중요하다. 인간은 복잡하고 다면적인 존재이며, 겉모습만으로는 사람의 진짜 가치를 이해할 수 없다. 따라서 우리는 사람을 판단할 때 현명한 눈을 가지고, 그의 내면에 숨겨진 가치를 발견하려 노력해야 한다.

다음은 사람을 보는 새로운 시각을 갖는 데 도움이 되는 몇 가지 질문이다.

"그 사람은 어떤 말을 하고 어떤 행동을 하는가?"

"나는 이 사람에 대해 어떤 편견을 가지고 있는가?"

마흔에 읽는 철학

"나는 그의 진정한 모습을 이해하려고 노력하고 있는가?"

이러한 질문들을 스스로에게 던지면서 사람을 보는 시각을 넓

힌다면

더욱 깊고 의미 있는 인간관계를 이룰 수 있을 것이다.

1. 인간관계 스트레스에서 벗어나라

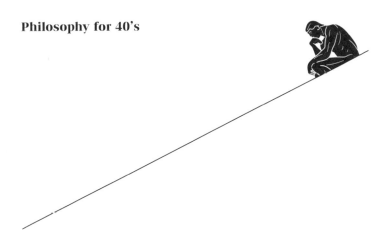

뱀처럼 교활하고
비겁한 사람의 특징 7가지

1976년, 로버트 한센은 미국 연방수사국(FBI)에 입사하여 빠르게 승진해 나갔다. 그는 뛰어난 능력과 전문 지식으로 동료들 사이에서 존경을 받았지만, 그의 내면은 교활하기 그지없었다.

1985년, 한센은 소련에 첫 번째 정보를 판매했다. 그는 미국과 소련 사이의 첩보 활동, 핵 전략, 그리고 중요한 FBI와 CIA 요원들의 신원 등을 소련에 제공하기 시작했다. 이러한 정보는 소련에게 엄청난 이득을 주었고, 결과적으로 여러 미국 요원들의 생명을 위험에 빠뜨렸다.

한센은 자신의 행동을 숨기기 위해 교활한 방법을 사용하기까지 했는데, 그는 "램지"라는 가명을 사용하고, 직접 만나지 않고도 정보를 교환할 수 있는 방식을 구축했다. 그의 배신은 2000년대 초반까지 발각되지 않았으나, FBI 내부에서의 집중적인 조사 끝에 결국 정체가 드러났다. 2001년 2월, 한센은 자택 근처에서 체포되었고, 그가 소련과 러시아에 제공한 정보의 양과 중요성이 밝혀지면서 미국 사회에 큰 충격을 주었다.

이 이야기는 뛰어난 능력을 지녔고, 동료들에게 존경받는 사람일지라도, 교활한 마음을 품고 있으면 그로 인한 결과가 얼마나 심각할 수 있는지를 보여주는 경고의 사례로 남아 있다.

뱀처럼 교활하고 비겁한 사람들이 만약 내 곁에 있다면 어떻게 될까?

반드시 큰 해로 돌아오게 될 것이다.

그렇기에 이런 사람들을 피하는 것은 무척이나 중요하다.

그렇다면, 이런 사람들의 특징은 무엇이고 어떻게 알아볼 수 있을까?

첫 번째

능력에 비해 지나치게 자신만만하다.

우리는 자신의 능력에 비해 지나치게 자신감이 넘치는 사람들을 종종 보게 된다.

자신의 능력을 과대포장하거나, 자신이 전혀 경험이 없는 분야에 대해서도 마치 전문가인 양 행세하는 것은 교활한 사람들의 주된 특징이다.

이런 사람들은 주변 인물들을 무시하며, 오로지 자신이 최고임을 주장한다. 이들 자신감의 대부분은 근거가 없지만, 이런 근거 없는 자신감은 신기하게도 대중의 신뢰를 얻는 경우가 많다.

한 연구결과에 따르면, 대다수의 사람들은 몰라서 자신 없어 하는 사람 보다는 몰라도 아는 척히는 사람, 그럴 듯하게 말하는 사람, 자신감 있는 척하는 사람을 더 신뢰하는 경향이 있다고 한다.

따라서, 근거도 없고 말뿐인 자신감을 보이는 사람이 있다면 함부로 믿지 말고, 반드시 경계해야 한다.

진정한 능력과 실력은 행동으로 증명되어야 하며, 말만으로는 그 진가를 인정받지 못한다.

교활한 사람들은 타인을 비난함으로써 자신의 위치를 높이려 하며, 자신의 약점이 드러나는 것을 극도로 두려워한다. 그들은 늘 남보다 우월하다는 것을 보여주고자 한다. 만약 이러한 교활한 자들이 주변에 있다면, 그들과의 논쟁을 피하고 그들로부터 거리를 두는 것이 현명하다. 왜냐하면 그들은 타인이 아닌 자신의 이익만을 더 중시하기 때문이다.

두 번째

이기적인 행동을 자주 한다.

주변을 살펴보면 자신의 이익을 위해 남을 이용하는 교활하고 이기적인 사람들이 존재한다. 이들은 오직 자기 자신만을 최우선으로 여기며, 타인의 감정이나 처지는 아랑곳하지 않는다. 그들은 자신에게 이익이 되는 사람에게는 친절한 척하지만, 자신에게 쓸모없다고 판단되는 이들에게는 냉담하게 대한다. 남의 물건을 제것인 양 사용하거나 타인의 노력을 갈취하는 것은 그들에게는 일상다반사이다.

이기심은 마치 함정과 같아, 한번 걸려들면 탈출하기 어렵고, 주위 사람들에게 상처를 주는 행동이다. 그리고, 결국에는 이기적인 사람 자신 또한 이런 이기심 때문에 외로움의 구렁텅이에 빠지게 된다.

세 번째

말과 행동이 일치하지 않는다.

우리 주변에는 말과 행동이 일치하지 않는 사람들이 있다. 이들은 다른 사람들을 속이고 이용하기 위해 거짓말을 자주 한다. 이런 사람들을 알아차리고 대처하려면 그들의 말과 행동이 일치하는지를 주의 깊게 살펴보는 것이 중요하다. 교활한 사람들은 자신의 진짜 의도를 숨기기 위해 설득력 있는 말을 사용하고, 논리적이고 이

1. 인간관계 스트레스에서 벗어나라

성적인 주장을 펼쳐 진실된 사람처럼 보이려고 애쓴다. 그러나 이들의 말과 행동 사이에는 눈에 띄는 차이가 있으며, 약속을 지키지 않거나, 말과 다른 행동을 하거나, 모순된 발언을 하는 등 행동에서 그들의 위선이 드러난다.

따라서 우리는 사람의 말만 듣고 판단하지 말고, 객관적인 사실과 행동을 기준으로 판단해야 한다. 그들의 과거 행동을 돌아보고, 다른 사람들과의 관계를 살펴보는 것도 유용하다. 이들은 상황에 따라 거짓말을 하고, 자신에게 유리한 방향으로 사실을 왜곡하는 병적인 거짓말쟁이일 수 있다. 그러므로 그들의 말을 즉각적으로 신뢰하지 말고, 진위를 다른 출처를 통해 확인한 뒤, 여러 관점을 종합적으로 고려하여 판단하는 것이 필요하다. 사람인 이상 말과 행동이 가끔은 일치하지 않을 수 있지만, 자주 일치하지 않고, 앞서 말한 신호들이 보인다면 이는 그들이 우리를 속이고 이용하려는 의도가 있을 가능성이 높다는 신호이므로 주의가 필요하다.

네 번째
자기중심적이다.

뱀처럼 교활한 사람들은 항상 자기만 생각한다. 함께 살아가는 사회에서는 다른 사람을 배려해야 하는 상황이 많지만, 이들은 남을 배려하는 모습을 찾아보기 어렵다. 이런 사람들은 아무 거리낌 없이 주위 사람들을 쉽게 조종한다. 자기 중심적인 사람들은 모든 일에 있어 자신의 이익과 손해를 따져가며 교묘하게 행동한다. 그들과 함께 지내다 보면, 카멜레온처럼 상대방의 권력이나 영향력에 따라 태도를 바꾸는 모습을 볼 수 있다. 이런 성향은 쉽게 바뀌지 않는다. 따라서 이들을 바꾸려고 하지 말고, 원래 그런 사람이라고 생각하는 것이 좋다. 왜 그렇게 행동하는지 이해하려고 해봤자 의미가 없다. 마음을 깊이 주지 말아야 한다.

왜냐면 관심을 주는 것 자체가 시간 낭비일 뿐이고 스트레스만 받기 때문이다.

이런 사람들과는 그저 표면적인 관계만 유지하거나 피하는 것이 좋다.

다섯 번째
자기 의견을 강요하고 억지 부린다.

뱀처럼 교활한 사람들은 논리보다는 억지 주장을 하며 자신의 의견을 남에게 강요한다. 이런 사람들은 우리 주변에서 생각보다 많이 볼 수 있다. 그들은 자신이 옳다고 믿는 생각이나 가치를 항상 남에게 밀어붙인다. 하지만 당하는 사람들은 그것이 옳다고 여기지 않더라도, 인간관계가 깨질까 봐 억지로 받아준다. 교활한 사람들은 이런 배려를 이용하여 자신의 의견이나 방식을 남에게 강요한다. 이런 사람들과 다투는 일은 정말 답답하다. 논리적인 대화보다는 억지만 부리는 모습에 정이 떨어지게 된다. 그럴 때, 이런 사

1. 인간관계 스트레스에서 벗어나라

람을 대하는 현명한 방법은 바로 무시하는 것이다. 억지를 부리고 자기가 옳다고 떠들어댄다면 "아, 그렇구나?" 하고 자리를 피하면 그만이다.

여섯 번째
남을 비하하고 조롱하기를 즐긴다.

뱀처럼 교활한 사람들은 다른 사람을 깎아내리거나 조롱하기를 즐긴다. 남을 깎아내리면 일시적으로 자기가 더 우월하다는 착각에 빠진다. 이런 사람들은 약한 사람에게는 강하고, 강한 사람에게는 비굴한 태도를 보인다. 그들은 '약한 사람은 막 대해도 된다'는 잘못된 생각을 갖고, 자신보다 약해 보이는 사람이 보이면 비하하고 조롱한다. 이런 사람들은 사실 별거 없지만 자신을 대단한 사람이라 착각하고 있다. 그렇기에 자기보다 약해 보이는 사람이 자신의 의견에 반대하는 것을 참지 못한다. 대화를 할 때도 상대방을 비웃고 훈수를 두지 못해 안달이다. 이들은 자신이 실수했을 때는 절대 잘못을 인정하지 않고 남을 탓한다.

이런 사람들이 주변에 있다면, 약점을 함부로 보이지 마라. 쓸데없는 싸움이 될 만한 일은 피하고, 감정적으로 자극할 때는 상대하지 말고 무시하는 것이 좋다. 굳이 감정적으로 대응하기보다는 냉소적으로 대응하거나 대화를 거절하라. 이런 사람들은 배려하기 위해 돌려서 말하면 알아듣지 못한다. 굳이 배려할 필요 없이 단호한 태도로 대화할 의사가 없음을 보여줘라.

일곱 번째

거짓말을 자주 한다.

뱀처럼 교활한 사람들은 항상 자신의 이익을 위해 거짓말을 하거나 다른 사람을 속이려 한다. 그들은 사람들을 기만하고, 자신의 목적을 이루기 위해 사실을 왜곡하며, 남들을 혼란스럽게 만드는 것을 즐긴다. 거짓말은 눈덩이처럼 굴릴수록 커지기 때문에, 이런 사람들은 자신이 한 거짓말이 점점 커져가고 모순이 생겨나가는 것에 불안해한다. 그들은 언제 거짓말이 드러날지 몰라 전전긍긍하며 산다. 한 번 거짓말을 한 사람은 이 거짓말을 계속 유지하기 위해 더 많은 거짓말을 해야 한다.

내 주변에 있는 사람이 이런 부류의 사람인지 의심스럽다면 그 사람의 태도를 유심히 살펴보아라. 사람은 자신이 거짓말을 할 때 가장 큰 소리를 낸다. "방귀 뀐 놈이 성낸다"는 속담처럼, 교활한 사람은 자신의 거짓말을 숨기기 위해 오히려 더 화를 낸다. 게다가 아무리 완벽하게 거짓을 꾸며내도, 끝까지 이를 유지할 수는 없다. 거짓말은 무게가 없기 때문에 결국 들통나게 되어 있다.

현실감 없이 듣기 좋은 그럴싸한 말만 늘어놓는 사람이 있다면, 당장 가까워지기보다는 약간의 거리를 두고 천천히 알아가는 것이 좋다. 말은 얼마든지 상대방이 원하는 대로 꾸며낼 수 있다.

1. 인간관계 스트레스에서 벗어나라

어떠한 상황이든지 사람의 말만 듣고 사람을 믿지 마라.

말로 판단하기보다는 행동으로 판단하라.

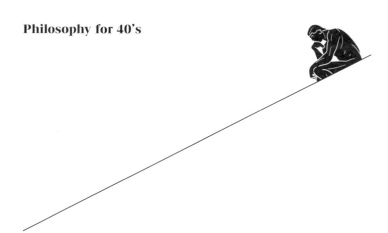

진짜 친구와 가짜 친구를
구별하는 법 5가지

명문가의 자제이자 뛰어난 학자였던 김정희는 안동 김문의 모함으로 인해 55세의 나이에 억울하게 제주도로 유배를 가게 되었다. 그가 처해진 유배형은 절해고도 위리안치(絶海孤島 圍籬安置), 즉 멀리 떨어진 섬에서 외부와의 접촉 없이 감금되는 것이었다. 조선시대에 유배는 비일비재한 일이었지만, 김정희에게는 유배 해제의 기한조차 알려주지 않았다. 3년이 지나도록 그에게는 아무런 소식이 없었고, 오히려 그를 사형에 처하라는 상소가 계속 올라왔다.

이러한 어려운 상황에서도 김정희를 변함없이 대한 제자가 있었으니, 그는 바로 이상적이었다. 중국어 통역관으로서의 역량을 살려, 이상적은 중국에서도 구하기 어려운 책들을 계속해서 제주도의 김정희에게 보내주었다. 김정희에게 책은 단순한 지식의 원천을 넘어서, 유배 생활 속에서 외로움을 달래주는 소중한 친구였다. 이상적의 이러한 변함없는 의리와 지원에 김정희는 깊은 감사의 마음을 느꼈다. 그는 공자님의 말씀을 담은 『논어』의 '세한연후지송백지후조(歲寒然後 知松柏之後凋, 날씨가 추워진 후에야 소나무와 잣나무가 늦게 시드는 것을 안다.)'라는 유명한 구절을 인용하여 이상적의 행동을 칭찬했고, 이를 그림으로 표현하여 그의 고마움을 전했다.

(출처: 국립중앙박물관, 세한도 - 끝나지 않는 감동)

이 이야기는 깊은 우정과 충실한 의리는 어떠한 역경 속에서도 변하지 않음을 보여준다. 이런 친구가 곁에 함께 한다면 어떨까?

아마 두려움은 사라지고, 용기가 날 것이며 지칠 때 큰 위로가 될 것이다. 우리 곁에 있는 친구가 모두 이처럼 진정한 친구라면 좋겠지만, 아쉽게도 우리 주변에는 진정한 친구인 척을 하는 가짜 친구들이 있다. 이런 사람들의 특징은 무엇일까?

첫 번째

부탁 자주 하는 사람

친구이기 때문에 부탁할 수 있다고 생각할 수도 있다. 하지만 부탁이라는 것은 정말 필요할 때만 해야 한다. 친구가 나에게 자주 부탁을 한다면 주의해야 한다. 게다가 부탁의 횟수가 증가함에 따라 친구가 나를 멀리하는 것이 느껴진다면, 그것은 반드시 경계해야 할 신호다. 이는 상대방이 나를 진정한 친구로 여기지 않고, 단지 자신의 요구를 들어주는 사람으로만 본다는 의미다.

상대방을 친구라고 생각하더라도, 그 사람이 나를 친구로 여기지 않고 필요할 때만 연락하는 사람 정도로 취급할 수도 있다. 친구라 할지라도 부탁의 내용이 도를 지나치거나 부탁의 횟수가 너무 잦다면 문제가 있다. 친구는 부탁을 들어주는 사람이 아니라, 어떠한 용건이 없이도 서로의 존재만으로 편안함을 느낄 수 있는 사이다.

만약 연락이 올 때나 만날 때마다 부담을 느낀다면, 그 관계는 진정한 친구 관계라고 할 수 없다. 그렇기에 부탁할 때만 연락하는 사람, 만나면 부탁만 하는 사람과의 관계는 피하는 것이 상책이다. 이런 사람들과의 만남은 늘 부담스러우며, 또한 친구라는 이유로 거절하기 어렵다는 것이 큰 스트레스가 된다.

두 번째
상황에 안 맞게 자랑하는 사람
많은 자랑들 중에서도 배우자 자랑, 자식 자랑, 돈 자랑 이 세 가지는 피해야 할 자랑이라고 한다. 이 중에서도 특히 주의해야 할 것은 자식 자랑이다. 부모의 마음은 항상 자기 자신보다 자식을 우선으로 생각한다. 자신이 성공하고 많은 돈을 갖고 있더라도 자식이 기대에 미치지 못하면 어디서든 마음이 무거워진다. 자식이 걱정되는 사람 앞에서 자신의 자식을 자랑하기만 한다면 그것만큼 상처 주는 일은 없을 것이다.

더 나아가 일부는 자신의 자식이 얄팍한 행동을 해도 그것을 재주가 좋고, 머리가 좋다며 옹호하는 경우도 있다. 심지어 그러한 행동을 친구에게 권장하는 사람도 있다. 오래된 친구일지라도, 그리한 친구와 함께하는 것은 본인 뿐만 아니라 가족에게도 부정적인 영향을 미칠 수 있으니 가능한 한 빨리 거리를 두는 것이 좋다.

세 번째
남을 깎아 내려 자기 자신을 돋보이게 하려는 사람

어디에서나 자신이 주인공이 돼야만 만족하는 사람이 있다. 이들은 친구 사이에서도 항상 중심이 되어야 하며, 자신이 친구들보다 더 돋보이고 더 뛰어나다고 여긴다. 이런 사람들은 주변 사람들을 깎아내리는 방식으로 자신을 높이려 한다. 인간관계에서 대부분의 사람은 친구 사이에 불편함을 피하고자 무례함을 느끼면서도 그냥 넘어가는 경우가 많다. 그럼에도 불구하고 남을 깎아내리는 가짜 친구들은 친구들의 배려를 당연하게 여기며, 상대가 어떤 감정을 느끼는지는 전혀 관심이 없다.

마흔에 읽는 철학

또한 이들은, 친구들을 만나면 그들을 친구가 아닌 그저 자신의 말을 잘 듣는 사람들로 여기며, 친구 사이에도 등급을 매긴다. 이는 친구 관계가 아닌 상하 관계에 불과하다. 진정한 친구라면 같은 위치에서 어울려야 한다. 위아래를 정하는 관계는 친구가 아니다. 이런 사람을 계속 곁에 두면 언젠가는 반드시 인간 관계에서 문제가 생길 수밖에 없다.

만약 주변에 이런 친구들이 있다면, 더 시간을 주지 말고 하루빨리 거리를 두는 것이 현명하다.

네 번째
자기 이익만 중요하게 생각하는 사람

항상 자기 이익만을 생각하고, 남의 피해는 아랑곳하지 않는 사람이 있다. 비즈니스 관계가 아닌 친구 관계에서도 이런 사람들은 존재한다. 친구들 사이에서도 자신의 이익만을 중시하는 사람들은 진정한 친구라고 할 수 없다. 그들은 자신의 이득을 가장 중요하게 여기며, 다른 사람의 것을 가볍게 여긴다. 이런 사람들은 오로지 다른 친구보다 자신이 더 얻는 것에 급급하다. 이들은 자신밖에 생각하지 않아 다른 사람이 무엇을 필요로 하는지, 자신의 행동이 타인에게 어떠한 영향을 주는지 전혀 고려하지 않는다.

이러한 사고방식은 평소에도 태도를 통해 나타난다. 그들은 자신에게 이익을 줄 수 있는 사람에게만 친절하고 배려한다. 자신에

1. 인간관계 스트레스에서 벗어나라

게 필요 없다고 판단되는 사람들에게는 관심을 보이지 않는다. 만약 내 주변에 이런 사람이 있다면 가까이하지 말아야 한다.

자신의 이익만을 챙기는 사람은 친구 사이에서 뿐만 아니라 모든 인간관계에서 멀리하는 것이 이롭다.

다섯 번째

잘못을 남에게 돌리는 사람

인간관계에서 다툼이 발생했을 때, 그 원인이 한쪽에만 있는 경우는 드물다. 대부분은 양쪽 모두에게 조금씩 잘못이 있으며, 이를 인지한다면 서로 대화를 통해 해결할 수 있다. 그러나 문제가 생겼을 때 자신은 옳고 남은 틀렸다고 생각하는 사람이 있다. 이런 사람들은 자신의 잘못을 인정하지 않고 항상 "저 사람 때문에 문제가 생겼어", "내가 제안한 대로 하지 않아서 실패했다"라 말하며 남을 탓한다. 그리고 자기가 잘못한 것은 없다고 생각한다.

이런 사람과 함께 어울리는 것은 스트레스만 받고, 탓하는 말은 계속 듣고 있기도 싫어진다.

심지어 심할 경우에는 그 탓의 대상이 당신이 될 수도 있기에 아예 멀리하는 것이 좋다.

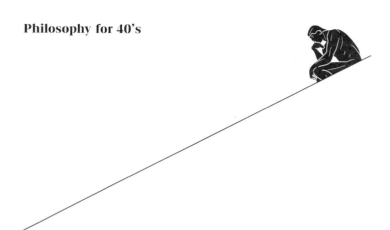

이간질하는 사람들의
특징 7가지

서량 지방의 젊은 영웅 마초는 부친 마
등의 적인 조조에게 깊은 원한을 품고 있었다. 마초는 기마전술과
무예에 능하였고, 자신의 아버지 마등의 절친한 친구였던 한수와
함께 서량 세력을 양분하고 있었다. 마초는 한수와 서량의 유목민
들과 함께 조조에게 맞섰다. 조조는 탁 트인 공간에서 승산이 없음
을 깨닫고 있었다.

이때 조조의 수하 가후는 이들 사이에 불화를 조성하는 계획을
세운다. 가후는 조조와 한수 사이에 무언가 있는 것처럼 꾸며 마초
로 하여금 한수를 의심하게 만든다. 조조는 전투 중 뜬금없이 한수

에게 별일 아닌 옛 이야기를 꺼낸다. 한수는 마초에게 "조조가 옛 이야기를 꺼냈다"고 말하지만, 마초는 "전투 중에 옛 이야기를 하는 것은 말이 안 된다"고 생각하며 한수를 의심한다. 의심이 깊어진 가운데, 가후는 한수에게 조작된 편지를 보내 마초의 의심을 극대화한다.

편지는 중요한 내용이 지워진 듯한 흔적이 가득했고, 마초는 한수의 해명에도 불구하고 그를 믿지 못했다. 이로 인해 마초와 한수 사이는 점점 멀어지고, 마초는 결국 한수를 완전히 믿지 못하게 된다. 이 불신은 마초가 스스로 세력을 약화시키는 결과를 초래했고, 결국 마초는 자멸해 혼자서 한중 지역의 장로에게 피신하며 초라한 몸을 의탁하게 된다. 조조는 가후의 이간계를 통해 마초와 한수 사이의 분열을 성공적으로 조장하고, 이를 통해 두 강력한 적을 약화시켜 승리를 거머쥐었다.

이간질은 역사 속에서도 자주 등장한다. 전쟁의 승패는 물론이고, 심할 경우에는 나라를 망하게까지 이른다. 위의 사례에서 보듯 마초는 조조의 이간계로 인해 절친한 동료를 믿지 못하고 결국에는 패배하기에 이른다.

지금 시대에서도 이간질은 흔히 일어나는 일이다.

주변에 있는 이간질을 잘 하는 사람의 특징은 무엇일까?

첫 번째

비밀을 퍼뜨린다.

이간질하는 사람들은 비밀을 알게 되었을 때 그것을 지켜주려는 생각보다는 어떻게 하면 더 크게 꾸며낼 수 있을까 고심한다. 그들은 자신이 아는 비밀들을 다른 이들에게 퍼뜨리는 것을 대단히 즐긴다. "나는 이런 비밀도 알고 있어, 너희와는 달라."라고 생각하며 비밀을 아는 것을 자랑하고 싶어하는 마음이 강하다. 그들은 남의 비밀을 알게 되면 남들보다 더 우월하다고 느끼는 경향이 있다. 그렇기에 그들은 자신보다 뛰어난 사람을 보는 것을 견디기 어려워한다. 그래서 그들보다 나은 사람이 되기 위해 스스로를 발전시키기보다는, 남을 깎아내리는 방식을 통해 자기 밑으로 끌어내리려고 한다.

그들은 잘못된 욕망과 자만에 빠져 있으며, 다른 사람의 약점이나 단점, 비밀을 이용해 자신의 지위를 높이려 한다. 그러므로 내 주변에 이런 사람이 있다면 인간 관계에서 매우 조심해야 한다. 가장 좋은 방법은 이들과 멀리하고 관계를 끊는 것이다. 하지만 그런 사람들을 피하기 어려운 상황이라면 반드시 말을 조심해야 한다. 비밀이 있다면 절대로 입을 열지 말아야 하고, 무엇인가 이야기하려 할 때는 그 사람이 주변에 있는지를 확실히 확인한 후에 해야 한다.

1. 인간관계 스트레스에서 벗어나라

두 번째

매사에 부정적인 태도를 보인다.

이간질과 뒷담화를 일삼는 사람들은 부정적인 태도를 보이는 경향이 있다. 긍정적인 마음을 가진 사람들 사이에서 비방하고 이간질하는 사람을 본 적은 아마 없을 것이다. 부정적인 성향을 가진 사람일수록 타인에 대한 불만이 많아, 뒤에서 욕하고 비난함으로써 자신의 열등감과 분노를 해소한다. 이런 부정적인 사람들은 자신의 불만과 불행을 마치 남의 탓인 것처럼 여기며, 이간질과 뒷담화를 통해 자신의 화를 푼다. 이러한 행동은 결국 인간관계를 해치고, 자신을 고립시키는 결과를 낳는다.

따라서 이런 부정적인 사람들이 다른 사람을 이간질하고 뒷담화하는 상황에서는 그 자리에서 벗어나는 것이 좋다. 이런 사람과 굳이 관계를 맺지 않아도 주위에는 이미 좋은 사람들이 많이 있다. 부정적인 사람들은 결국 자신의 성격 때문에 스스로 고립되기에, 그들과 어울리거나 동조하지 않는 것이 현명한 행동이다.

세 번째

타인의 불행을 즐거워한다.

우리 주변에는 타인의 불행을 즐기는 사람들이 있다. 그들은 남의 어려움과 실패에 기뻐하며, 더 크게 실패하기를 바란다. 자신이 성공하는 것보다도 남이 실패하는 것에 더 큰 관심을 두며, 자기 일에 신경 쓸 시간에도 남의 일에만 관심을 갖는다. 그들이 타인의 불행에서 위안을 찾는 것은 자신의 불안감을 달래기 위함이다. 자신의 상황을 타인과 비교하며 "내가 너보다는 낫다."라고 생각하며 잠시나마 마음의 위로를 얻으려 한다.

하지만 이러한 태도는 결코 위로가 되지 못한다. 그들은 결국 이런 태도 때문에 인간관계를 망치고 고립되어 더욱 비참한 상황에 처한다. 만약 스스로 이런 마음을 가지고 있다면, 지금이라도 타인의 불행을 바라지 말고, 주변 사람들의 성공과 행복을 진심으로 응원하는 긍정적인 마음가짐을 가져야 한다. 타인이 잘 된다고 해서 나에게 해가 되는 것은 결코 아니다. 타인의 성공을 바라고 그들의 행복을 진심으로 기뻐할 때, 긍정적인 마음을 갖게 되고 성공할 확률이 높아진다.

네 번째
타인의 실수를 부각시킨다.

이간질하는 사람들은 다른 사람의 실수나 약점을 들추며 즐거워한다. 타인의 성공보다는 실수에만 관심이 있다. 같이 하는 프로젝트에서도 이들은 타인의 실수를 간절히 바란다.

이들은 타인을 비방하고 공격함으로써 자신의 지위가 올라간다고 착각한다. 그들의 입에서는 "그것도 못 해?" 같은 말이 흔히 나온다. 이러한 말들은 상대방을 무능한 사람으로 보이게 한다. 하지

1. 인간관계 스트레스에서 벗어나라

만 우리는 그들의 말에 흔들려서는 안 된다. 그들의 비판은 그저 자신의 무능력과 불안을 가리려는 헛된 시도일 뿐이다. 비난하는 말에 굴복하지 않고, 자신의 가치를 믿으며 앞으로 나아가라. 타인의 비난이나 공격에 휘둘리지 말고, 자신의 능력과 자신감으로 자신만의 길을 걸어라.

다섯 번째
질투가 많고, 지는 것을 싫어한다.

사람이라면 누구나 타인에 대한 질투와 승부욕을 갖고 있다. 그러나 이간질하는 사람은 이런 요소가 더욱 두드러지게 나타난다. 그들은 남의 성공을 자신의 실패로 여기고, 자신이 패배했다고 생각한다. 그렇기에 그들은 인간관계에서 무엇이든 간에 조금이라도 우위를 차지해야만 만족한다. 이런 유형의 사람들은 타인의 성공을 질투하고 별것 아닌 것으로 깎아 내리려 하며, 인간관계가 좋은 사람들이 보이면 뒷담화를 통해 그 사람의 명성을 떨어뜨리려한다. 그러나, 그들이 일삼는 이간질은 근거 없는 주장일 뿐 시간이 지나도 증명될 수 없다. 그럼에도 불구하고, 많은 사람들이 이런 근거 없는 이야기를 실제로 믿는다. 이것은 당하는 사람에게 상당한 스트레스를 준다. 잘못한 것이 없음에도 불구하고 변명해야 하는 상황이 되기 때문이다. 만일 이런 상황에 직면하게 된다면 더욱 당당하게 행동해야 한다. 평소와 같은 바른 태도를 유지하고 주눅들지 않는다면 얼마 지나지 않아 진실이 밝혀진다. 그들의 이간질에 억울하고 화가 나더라도, 휘둘리지 마라. 모든 사람들에게 다 반응할수록 스트레스만 커진다. 이간질을 믿는 사람들을 모두 만나가며 설득하는 것은 시간 낭비, 감정 낭비다. 모든 사람에게 좋은 사람이 될 필요는 없다. 진정 나를 믿어주고 좋아해주는 내 사람은 그런 소문에 휘둘리지 않는다. 따라서, 이간질하는 사람이나 그 말을 믿는 사람, 그 말을 퍼뜨리는 사람, 남의 고통을 즐기는 사람들에게 인정을 받으려 애쓰지 마라. 스스로 잘못한 것이 없다면 의연하고 당당하게 자신의 삶을 살아가라. 이런 일이 생긴다면 이를 계기로 진정 나를 믿어주는 사람에게 더 잘하면 된다.

여섯 번째
말을 지어내기를 좋아한다.

이간질하는 사람들은 있지도 않은 이야기를 만들어내거나 그럴듯한 거짓말을 잘한다.

그들은 약간의 사실과 대부분의 거짓을 섞어서 듣는 사람들을 헷갈리게 한다. 그로 인해 주변 사람들은 혼란에 빠지고 어려움을 겪는다. 95%의 거짓말에 5%의 진실만 섞어도 진실과 거짓을 구별하는 것은 생각보다 어렵다. 처음에는 믿지 않더라도, 반복해서 듣다 보면 그 말도 어느 정도 신뢰할 수 있다고 여기게 된다. 그렇기에 누군가 다른 사람에 대한 나쁜 소문을 퍼뜨린다면, 그것이 거짓일

1. 인간관계 스트레스에서 벗어나라

수 있다고 생각하고 자신의 눈으로 진실을 확인하는 것이 중요하다. 신뢰할 수 있는 출처와 정보를 찾고, 다른 사람들의 의견과 경험을 들어보아라. 인간관계에서는 한 사람의 일방적인 말을 그대로 믿기보다는 비판적으로 생각하고 의심하는 것이 중요하다. 바로 믿기보다는 차분히 생각해 본 후 그 사람의 말이 앞 뒤가 안 맞고, 믿을 수 없는 말이라면, 상종할 필요도 없으니 굳이 화내지 말고 멀어져라.

일곱 번째
과도하게 잘해주려 한다.

이들은 사람들 사이에서 이미지를 만들어내는 데 능숙하다. 처음 만날 때부터 필요 이상으로 친절하고, 말을 꺼내기 전에 먼저 챙겨주는 경우가 많다. 게다가 왜 저러나 싶을 정도로 다른 사람에게 퍼주는 것 같아 보인다. 누군가와 알고 지낸 지 얼마 안 됐고, 그렇게 가까운 사이도 아닌데, 자기 마음속 얘기를 서슴없이 꺼내며 상대방을 신뢰하는 듯한 태도로 다가온다. 이렇게 해서 어느 정도 가까운 사이가 되면, 그때부터 하소연을 가장한 이간질을 시작한다. 다른 사람의 호감을 어느 정도 얻었다고 판단하면, 마치 자기가 더 화가 난다는 듯이 "누가 너를 험담한다더라", "너를 뒤에서 욕하는 소리가 들린다"고 말하며 사람들 사이를 갈라놓는다. 이 말을 듣는 사람들은 처음에 보여줬던 과한 친절 때문에 그가 마냥 착하기만

한 사람이라고 착각한다. 그래서 그 사람의 말이, 앞뒤가 안 맞고 뭔가 이상하다는 느낌이 들지만 어느 정도 믿고 듣게 된다.

하지만 겉으로만 친절한 사람과 진짜 좋은 사람 사이에는 큰 차이가 있다. 진짜 좋은 사람은 누가 실제로 험담을 했더라도, 그것을 전하면 상대가 상처받을까 봐 걱정해 조심스럽게 말하거나, 아예 못 들은 척하는 경우가 많다. 반면, 이간질을 잘하는 사람은 다른 사람이 상처받는 것엔 관심이 없고, 자기 말이 어떻게 받아들여지는지만 생각한다. 이런 사람은 평소에 공을 들여서 어느 정도 자기 편으로 만들었다고 생각한 상대방이 자기 말에 공감하지 않거나 반박하면, 이간질의 대상을 바꿔버린다. 그동안 잘해줬던 사람이라도 거리낌 없이 이간질하고 따돌리려고 한다. 그래서 잘 알지도 못하는데 과하게 잘해주는 사람이 있다면, 무작정 좋은 사람이라고 생각하지 마라. 사람을 믿는 것은 천천히 이루어지는 것이다. 사람을 믿는 것뿐만 아니라 우리가 살아가는데 있어서 대부분의 경우 천천히 해서 후회하기 보다는 너무 급하게 판단해서 후회하는 경우가 많다.

그러니 인간관계에서 필요 이상으로 친절하게 대해준다고 해서 그 사람을 무조건 좋은 사람이라고 섣불리 판단하지 마라.

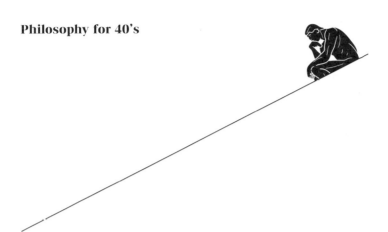

Philosophy for 40's

인복 많은 사람들의
특징 7가지

　　　　　　삼국지에서 인복이 타고난 사람은 누구
일까? 라는 질문에 아마 대부분의 사람들이 유비를 뽑을 것이다.

　무명의 장수였던 유비는 그의 성격과, 백성에 대한 진심으로 관
우, 장비와 같은 뛰어난 장수들을 얻게 된다. 유비는 제갈량까지 얻
게 되며, 많은 난관과 위기 속에서도 사람들의 마음을 얻어내며 제
갈량의 전략적 조언과 관우, 장비의 용맹과 충성심으로 많은 전투
에서 승리를 거둔다. 손권과의 동맹을 통해 조조의 군대를 핵심적
인 적벽대전에서 격파하는 데 성공한 유비는 촉한 국가를 세우고
천하통일의 꿈을 추구한다.

사람들은 유비를 마냥 인복이 타고난 사람이라고 여기기도 하지만, 인복 많은 사람들은 다 이유가 있는 법이다. 그렇다면, 인복 많은 사람들의 특징은 무엇일까?

첫 번째
80% 듣고 20%만 말한다.

사람들은 대개 자기 의견을 말하고 목소리를 내는 것을 듣는 것보다 훨씬 좋아한다. 하지만 인복이 좋은 사람들은 그와 반대로 듣는 것을 더 좋아한다. 그들은 자기 말을 하는 것보다도 다른 사람의 말을 귀 기울여 듣는 것을 훨씬 더 중요하게 여긴다. 이러한 태도는 다른 사람에게 아주 좋은 인상을 준다. 사람들은 자신의 이야기를 잘 들어주고 이해하려는 사람에게 자연스럽게 끌린다. 경청은 누구에게나 지금 존중 받고 있음을 느끼게 해준다. 게다가 이러한 태도는 상대방에게 편안함을 주고, 계속 이야기하고 싶게 만든다. 사람들은 자신의 이야기를 진지하게 들어주는 사람에게 마음을 더쉽게 열게 되고, 이는 인간관계를 깊어지게 하는 데 매우 효과적이다. 따라서, 상대방의 말에 귀 기울이고 진심으로 이해하려고 노력하는 것은 인복을 얻는 데 매우 중요하고 쉬운 방법이다. 그 결과, 경청하는 사람들 주변에는 여러 좋은 사람들이 모이게 되고, 시간이 지남에 따라 인간관계는 더욱 깊어지고 풍부해진다. 인복을 키우는 것은 어렵지 않다.

1. 인간관계 스트레스에서 벗어나라

두 번째

인맥에 집착하지 않는다.

대부분의 사람들은 한 사람 한 사람보다는 그저 인맥에 집착한다.

사람에 집중하기 보다는 더 많은 사람들과 알고 지내려 한다.

하지만 인복이 좋은 사람들은 인맥에 집착하지 않고, 좋은 사람에 집중한다.

사실 많은 사람을 안다고 해서 인간관계가 좋은 것이 아니다. 좋은 인간관계를 위해서는 사람을 가려 사귀는 지혜가 필요하다. 많은 사람들이 지금도 얕고 넓은 인간관계를 위해, 만나는 모든 사람에게 좋은 인상을 남기기 위해, 많은 노력을 기울인다. 이는 겉보기에는 참된 덕목으로 여겨지고 인복이 좋은 것으로 보일 수 있으나, 많은 사람들을 알고 지내는 것만으로 인복이 좋아지지는 않는다. 실제로 인간관계에서 인복이 많은 사람들을 자세히 들여다보면, 그들은 모든 사람에게 마음을 열지 않는다. 그들은 인성에 문제가 있거나 태도가 좋지 않은 사람들에게는 결코 마음을 열지 않는다. 그들은 사람을 가려 교제함으로써 자신의 인복을 지키고 늘린다. 많은 사람이 주변에 있더라도, 대부분이 문제를 일으키는 사람들이라면 그것은 오히려 복이 없는 것임을 명심하라.

세 번째
삶을 열심히 살아간다.

꾀 부리지 않고 열심히 살아가는 모습은 다른 사람의 마음에 깊은 울림을 준다. 그들의 살아가는 모습을 보면 진실함과 노력이 보여, 보고 있기만 해도 감동마저 느껴질 정도다. 사람들은 인맥이 좋기만 하면 모든 것이 잘 풀릴 것이라 생각하지만, 아쉽게도 세상은 그렇게 단순하지 않다.

인맥이 넓다고 해도 당신이 그만한 능력이 안 되거나 게으르다면, 그 많은 사람중 당신을 도와줄 사람은 없다는 사실을 명심하라.

평범하고 특별한 재능이 없더라도 포기하지 않고, 자신의 길을 꿋꿋이 걸어가는 사람들일수록 남에게 인정받는다. 그들은 투덜거리지 않고, 맡은 바 자신의 일을 하면서 주변 사람들로부터 두터운 신뢰를 얻는다. 그 이유는 사람들은 변덕스럽고 불확실한 것보다는 안정적이고 예측 가능한 관계를 선호하기 때문이다. 따라서 묵묵히 열심히 살아가는 꾸준함과 성실함은 사람들에게 신뢰를 줄 수밖에 없다, 이렇게 쌓은 신뢰는 결국 지지와 도움으로 이어진다. 많은 사람들이 열심히 사는 사람을 응원하고 그들이 잘 되길 바라는 마음에서 도움을 주려고 하기에 하는 일마다 잘 풀릴 수밖에 없다.

네 번째

나보다 잘난 사람을 인정한다.

자기 자신보다 잘난 사람을 보고 진심으로 인정해주는 사람은 드물다. 이 세상에는 정말 많은 사람이 함께 살아가고 있다. 그 중에서도 어떤 이들은 타인보다 훨씬 앞서 나가는 모습을 보여준다. 이때, 많은 사람들은 잘난 사람들을 보며 질투와 시기의 감정을 품는다. "왜 그 사람은 나보다 잘나가는가?"라며 질투를 느끼고, 때로는 이런 감정이 행동으로 이어져 상대방에게 부정적인 행동으로 표출되기도 한다.

반대로, 인복이 많은 사람들의 태도는 이와는 전혀 다르다. 그들은 자신보다 뛰어난 사람을 만났을 때, 그 사람을 질투하지 않고 잘난 사람들을 인정하고 진심으로 존중한다. 그들은 부정적인 감정보다 함께 성장하고 싶은 욕구와 배우고자 하는 긍정적인 자세를 갖고 있다. 이러한 사람을 대하는 자세는 결국 더 많은 기회와 인맥을 부른다.

사람들은 자신을 진심으로 인정해주고 존중해주는 사람의 주변으로 모이게 마련이다. 잘난 사람들도 칭찬에 목마르고 인정받고 싶어하기에, 자신을 질투하는 사람보다 인정하는 사람에게 끌리는 것이 당연하다. 이것이 바로 인복이 많은 사람들의 인간관계가 계속해서 좋아지는 비결이다.

그렇기에 인복이 많은 사람이 되고자 한다면, 먼저 타인의 성공을 진심으로 기뻐할 줄 아는 긍정적인 마음가짐이 필요하다. 그렇게 함으로써 자신도 모르는 사이에 더 큰 가능성의 문을 열게 된다. 이 길을 따라가다 보면, 자연스럽게 주변에 긍정적인 사람들이 모이고 더 큰 성장으로 이어지는 선순환의 과정을 경험하게 된다.

다섯 번째
아무 말이나 하지 않는다.

별거 아닌 것 같은 말 한마디도 결코 가볍지 않다.

하지만 이 사실을 대부분의 사람들은 모른다.

많은 사람들은 말의 중요성에 대해 자주 듣지만,

막상 말을 할 때는 가볍게 여기며 순간의 감정에 휘둘린다.

말 하면서도 무심코 내뱉은 말이 큰 문제를 일으킬 수 있다는 사실을 잊곤 한다. 말은 단순한 소통의 도구를 넘어서, 그 사람의 인성과 가치관을 그대로 반영하는 거울과도 같다. 평소에 아무리 타인에게 잘하려고 노력해도 순간의 성급한 말로 인해 모든 노력이 물거품이 될 수 있다는 점을 항상 기억해야 한다.

특히 상대방을 위한다는 이유로 조언을 할 때에는 더욱 조심해야 한다. 오직 상대방을 위해 하는 진심 어린 조언일지라도, 상대방이 받아들일 준비가 되어 있지 않다면 오히려 상처를 줄 수 있기 때문이다. 인간관계에서 꾸밈없는 솔직함은 분명 미덕이지만, 그 솔직함이 상대방에게 상처를 준다면 그것은 무례함으로 여겨질 수 있다. 말을 통해 자신의 감정을 표현하는 것은 중요하지만, 그 과정에서 타인의 마음을 아프게 하지 않도록 주의하라.

여섯 번째
신뢰를 가장 중시한다.

신뢰는 사람들 사이의 관계를 이어주는 중요한 끈이다. 신뢰는 한 번 잃으면 다시 찾기 어렵다. 인복 있는 사람들은 신뢰의 가치를 알고, 그것을 지키기 위해 항상 노력한다. 이들은 상황에 흔들리지 않고, 항상 진실된 태도로 사람들을 대한다. 잠깐의 이익을 위해 사람들을 속이는 사람들은 결국 큰 실망을 안긴다. 인복이 좋은 사람들은 항상 일관된 태도로 사람들을 대하고, 그로 인해 자연스럽게 신뢰를 얻는다. 신뢰는 꾸준한 선행을 통해 쌓으며, 시간이 지나면서 깊어진다. 한결같이 신뢰를 지키는 것은 쉽지 않다. 신뢰는 인간관계에서 협력을 촉진하고, 공동체를 더 나은 곳으로 만든다. 그래서 인복이 많은 사람들은 무슨 일이 있어도 신의를 저버리지 않는다.

일곱 번째
상대방에게 진심으로 공감한다.

공감은 다른 사람과 좋은 관계를 맺는 데 중요한 역할을 한다. 다른 사람의 감정과 상황을 이해하고, 마치 자신의 일처럼 느끼는

마흔에 읽는 철학

사람들은 사랑과 신뢰를 받는다. 공감 능력이 뛰어난 사람들은 다른 사람의 입장에서 생각하고 이해할 수 있다. 특히, 공감을 잘하는 사람들은 상대방의 감정을 잘 알아차리고 적절한 반응을 보여준다. 이런 사람들은 진심으로 다가가려는 마음을 가지고 있어서, 사람들은 그들을 더욱 믿고 존경하게 된다.

진심으로 공감하는 것은 상대방의 이야기에 귀를 기울이고, 그들이 느끼는 것을 이해하려는 마음에서 시작된다. 상대방의 말을 잘 듣고 그들의 감정을 이해하려 노력하라. 대화를 할 때는 상대방에게 집중하고, 휴대폰이나 다른 일들에 주의를 빼앗기지 않도록 해야 한다. 상대방과 눈을 마주치고 그들의 말에 집중함으로써, 상대방의 이야기에 관심이 있다는 것을 느끼게 하라.

1. 인간관계 스트레스에서 벗어나라

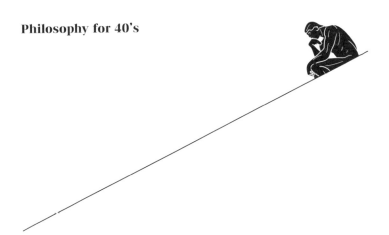

나를 배신하는 사람을 알아보는
7가지 방법

삼국지연의에서 무력으로 가장 유명한 인물은 여포일 것이다. 어린 시절 아버지를 잃은 여포는 병주자사인 정원의 보호 아래 들어가 양아들이 되었고, 그와 부자 관계를 맺었다. 그러나 동탁이 정원을 공격해 오자, 여포는 정원을 배신하여 그의 머리를 동탁에게 바쳤다. 이 배신은 동탁의 신임을 얻게 해 주었고, 여포는 중책을 맡으며 동탁의 양아들이 되었다.

그러나 여포와 동탁의 관계는 점점 긴장감을 띠게 되었고, 결국 여포는 황명을 빌미로 동탁을 죽인다. 동탁은 천하의 역적이었기에 대의명분이 있다고 볼 수 있지만, 여포의 배신은 순수한 의도에서 비롯된 것이 아니었다. 그의 모든 행동은 자신의 야망을 충족시키기 위한 것에 불과했다. 이후 여포는 방랑하다가 유비에게 의탁하게 된다. 그러나 여포의 배신은 여기서 멈추지 않았고, 결국 여포는 자신을 따뜻하게 받아준 유비마저도 배신한다.

우리는 살아가면서 많은 사람을 만나게 된다. 이 중에는 평생의 친구나 동료를 만날 수도 있지만, 나를 배신하고 뒤통수를 치는 사람도 있을 수 있다. 다행히도 이런 사람들은 몇 가지 특징을 통해 어느 정도 걸러낼 수 있다.

첫 번째
아부하는 사람을 조심하라.

우리 주변에 있는 아부하는 사람을 경계해야 한다. 아부는 처음에는 의심스러워도 자주 듣다 보면 익숙해지고, 아부하는 사람을 좋아하게 된다. 그들은 친근하게 다가와 형, 누나, 오빠라 부르며 인간관계 깊숙한 곳으로 들어온다. 그리고 시간이 지나면 어느새 친해져 있고, 조금 더 시간이 지나면 등 뒤에서 칼을 꽂는다. 이들은 친분을 이용해 자신의 이익을 취하고, 때로는 양면성을 드러내며 변화무쌍한 태도를 보인다.

지금 상대방이 당신에게 아부하고 있는지 아닌지 긴가민가하다면 다음 몇 가지를 확인해 보아야 한다.

1. 지나치게 칭찬을 남발하는가?

1. 인간관계 스트레스에서 벗어나라

2. 상대의 의견이라면 생각 없이 무조건 동의하는가?

3. 무조건적으로 저자세로 나오는가?

이런 모습이 보인다면 반드시 경계해야 한다. 그들은 신뢰를 얻어 자신의 목적을 달성하려고 숨어 있다가, 기회가 오면 거침없이 그 목적을 위해 행동한다. 특히 힘을 가지고 있는 사람일수록 그 위치를 이용하려는 자들이 더 많아진다. 성공이 커질수록 배신하려는 사람도 많고, 잃을 것도 많기 때문에 더욱 경계하라.

두 번째

고마움을 모르는 사람을 조심하라.

도움을 줬는데도 고마움을 모르는 사람이 있다. 그들은 누군가 도와줘도 그것을 당연하게 여기거나, 감사함을 느끼지 않는다. 그들은 누군가 자신을 돕는 것이 고마운 일이 아니라, 자신이 당연히 받아야 하는 권리라고 생각한다. 이런 사람에게 이용당하면 우리는 배신감을 느끼고 그 사람에게 실망한다. 하지만 그들은 변한 것이 없다. 그들은 늘 하던 대로 그렇게 행동한 것이다.

그들은 처음부터 다른 사람이 자신을 위해 희생하는 것을 당연하게 여기는 사람들이므로, 먼저 거리를 두고 멀리해야 한다. 내가 더 큰 도움을 준다고 해서 상대방이 고마워할 것이라고 생각하면 오산이다. 그러므로 처음부터 그 사람이 어떤 사람인지도 모르면서 함부로 많은 도움을 주지 마라. 다른 사람을 도울 때는 작은 것부터 시작해서 점점 범위를 넓혀가는 것이 좋다. 또한, 자신의 능력을 넘어서까지 도우려고 해서는 안 된다.

만약 몇 번 도움을 줬는데 상대가 고마움을 느끼지 않는다면, 그때부터는 도움을 멈춰야 한다. 인간 관계에도 적당한 힘 조절이 필요하다는 사실을 명심하라.

세 번째
다른 사람 앞에서 남을 우습게 만드는 사람을 조심하라.

인간관계에서 이런 사람들은 비교적 흔하게 볼 수 있다.

그들은 여러 사람이 모여 있는 자리에서 남을 조롱하거나 비난하면서 자신을 높이고 상대방을 우습게 만든다.

단 둘이 있는 자리에서 하는 장난은 친분이 있는 사이라면 크게 문제되지 않으며, 친구 사이에서는 비교적 자연스러운 일이다.

그러나 타인 앞에서 이런 행동을 하는 사람들은 좀처럼 믿을 수가 없다.

아무 거리낌 없이 남을 웃음거리로 전락시키는 행동은, 기회만 찾아오면 자기 자신을 위해 남을 배신할 수 있는 사람임을 나타내기 때문이다.

이런 행동을 하는 사람이 있다면 그 사람과 지낸 시간과 상관없이 거리를 두어라. 만약 별 문제없이 오래 지내왔더라도 경계를 풀지 마라.

1. 인간관계 스트레스에서 벗어나라

그들은 아직 기회가 찾아오지 않아서 당신을 배신하지 않은 것이지, 기회가 찾아오면 언제든 배신할 수 있음을 명심하라.

네 번째
대화할 때 핀트가 안 맞는 사람을 조심하라.

어떤 사람들과 대화하다 보면, 분명히 같은 주제로 이야기하고 있지만 대화가 어색하게 느껴지는 경우가 있다. 이런 사람들은 보통 서로의 말을 듣기보다는 자신의 이야기만 하기 바쁜 경우가 많다. 좋은 대화는 서로의 말을 듣고, 그에 맞춰 대답하며 주고받는 것이다. 하지만 대화가 계속 어긋난다면, 그 이유는 두 사람의 관심사가 다르거나 한 사람이 상대방의 말을 듣지 않기 때문이다.

만약 관심사가 다르다면, 서로 맞춰가며 대화를 이어 나갈 수 있다. 하지만 관심사가 맞는데도 자기 이야기만 하는 사람과는 관계를 유지하기 어려울 때가 많다. 이런 사람을 대할 때는 조심해야 한다. 그 사람을 고치기 위해서 쓴소리를 하지 마라. 자기밖에 모르는 사람들은 오히려 화를 내고 나를 배신할 수 있다.

다섯 번째
핑계 대며 약속 어기는 사람을 조심하라.

사람과 사람 사이에서 약속은 매우 중요하다. 서로의 소중한 시간을 내어 만나는 것은 서로가 서로에게 중요한 사람임을 말해준다. 하지만 약속을 자꾸 핑계 대며 취소하거나 늦는 사람은 거리를 두는 것이 좋다. 가끔 사정이 생겨 약속을 미루는 것은 이해할 수 있다. 그러나 매번 만나기 싫어하고 약속을 가볍게 여기는 사람은 나를 소중히 여기지 않는 것이다. 이런 사람은 내가 그 사람을 생각하는 만큼 나를 생각하지 않을 뿐더러, 더 나아가 자신이 필요할 때만 만나는 이기적인 사람이다. 이런 사람은 지위가 높거나 필요한 사람과의 약속은 잘 지키지만, 자신과 비슷하거나 낮다고 생각하는 사람과의 약속은 소홀히 한다. 이러한 사람들은 기회주의적인 성향을 보인다. 이들은 상대방의 이용가치가 없다고 생각하면 배신할 위험이 있기에 조심해야 한다.

여섯 번째
상황에 상관없이 하고 싶은 말만 하는 사람을 조심하라.

대화를 나눌 때는 서로의 시간을 존중하는 것이 중요하다. 사람들과 대화하며 상대방의 얘기를 들어주고 그에 맞는 얘기를 하는 것은 서로가 서로를 소중히 여긴다는 뜻이다. 하지만 자기 이야기만 하는 사람은 남의 시간을 소중히 여기지 않는다. 그저 자신만 재밌으면 그만이고, 자신의 잘난 점만 자랑하려는 이기적인 사람이다.

당신은 그 사람을 친한 친구로 생각하고 지루한 이야기라도 들어줬을 것이다. 하지만 그 사람은 당신이 잘 들어주니, 자신의 스트

1. 인간관계 스트레스에서 벗어나라

레스를 풀거나 자랑하기 위해 떠들어 댄다. 이것은 대화가 아니라 일방적인 설교나 쓸데없는 말에 불과하다. 자기 이야기만 하고 남의 이야기를 듣지 않는 사람은 상대를 동등한 인격체로 보지 않거나 하찮게 보는 성향일 가능성이 높다. 이런 사람들은 상대방을 하찮게 보기 때문에 자기 이익을 위해서라면 언제든 배신한다.

일곱 번째
남에게 엄격하고 자신에게 관대한 사람을 조심하라.

남에게 엄격하고 자신에게 관대한 사람은 피해야 한다. 이런 사람들은 신기하게도 인간관계를 맺다 보면 항상 마주치게 된다. 이들은 자신의 실수는 쉽게 넘어가면서 남의 실수는 끝까지 물고 늘어지는 모습을 보인다. 세상을 살아가면서 두 가지 잣대를 조심해야 한다. 이런 사람들은 남의 흠은 끄집어내고, 자신의 흠은 덮으려 한다. 어제 한 말을 오늘 뒤집고, 내일 또 뒤집을 수 있다고 생각한다. 그러니 이런 태도를 가진 사람을 피하고, 자기 자신이 그런 사람이 아닌지 점검해야 한다. 이런 사람들은 자기밖에 모르는 나르시시스트일 가능성이 높기 때문에, 그들의 단점을 지적하면 심한 모멸감을 느끼고 앙갚음을 하려 한다. 그렇기에 이런 사람들은 반드시 피하는 것이 좋다.

타인에게 너무 관대하거나
다정하게 대하지 마라

1938년 제2차 세계대전 당시 영국의 총리였던 네빌 체임벌린은 히틀러의 침략 정책에 강경하게 나가지 않고 유화 정책을 펼쳤다. 이로 인해 히틀러는 주데텐란트 지역을 평화적으로 합병할 수 있는 권리를 얻었고, 대신 더 이상의 영토 확장을 하지 않겠다고 약속했다. 체임벌린은 자신의 유화 정책으로 인해 평화가 찾아왔다고 믿었기에 영국으로 돌아와 "친애하는 여러분, 역사상 두 번째로 영국 총리가 독일에서 명예로운 평화를 들고 돌아왔습니다. 저는 이것이 우리 시대를 위한 평화라고 믿습니다. 진심으로 감사드립니다."라고 선언했다. 그러나 결국 체임벌린의 부드러운 태도를 얕잡아 본 히틀러는 야심을 드러냈고, 제2차 세계대전의 발발로 이어졌다.

체임벌린은 뮌헨 협정을 통해 나치 독일과 히틀러의 야심을 잠시나마 달래는 데 성공한 것처럼 보였지만, 그 평화는 금방 무너졌다. 체임벌린이 공언한 '우리 시대의 평화'는 금세 사라져 버렸고, 이후 뮌헨 협정은 어설프게 관대하고 다정했던 유화 정책이 불러일으킨 비참한 결과로 평가받게 되었다.

우리 인간관계에서도 마찬가지이다. 타인에게 진절하고 다정하게 대하면 좋은 사람으로 인정받고 대접받을 것 같지만, 손해를 보는 경우가 은근히 많이 생긴다. 물론 친절은 좋은 것이고 대체로는 옳은 행동이다. 먼저 친절하게 대하면 상대방도 대부분 친절해진다. 그러나 여기에는 조건이 하나 있다. 그건 바로 상대방이 감사할 줄 아는 사람이어야 한다는 것이다. 나의 호의가 일반적인 사람에게 전달되면 감사가 돌아오지만, 일부 사람에게 전달되면 무시로 돌아오기도 하고, 나를 이용하려고 하기도 한다.

사람들에게 지나치게 관대하고 정이 많은 것은 인간관계에서 좋지만은 않은 성격이다. 일부 사람들은 이렇게 관대한 사람들을 얕보고 무례하게 행동한다. 그들은 항상 선을 넘나들며 어디까지 선을 넘어도 되나 확인하며 점점 피해를 가중시킨다. 그렇기에 아무에게나 관대하기보다는 먼저 사람을 겪어보고 믿을 만한 사람인지 확인됐을 때 비로소 관대하게 대하라. 처음부터 모든 것을 다

마흔에 읽는 철학

주며 내 모든 것을 보여줄 필요는 없다. 만약 내 주변에 호의를 이용하는 사람이 있다면 과감하게 정리하는 것이 훨씬 더 이롭다. 그들에게 친절을 베풀며 항상 손해 보며 인간관계를 맺지 말고, 호의에 감사할 줄 아는 사람들과 인간관계를 맺어라.

1. 인간관계 스트레스에서 벗어나라

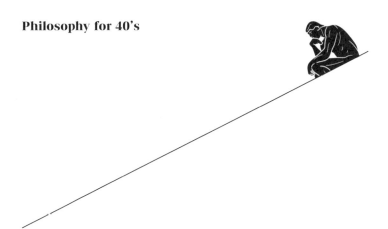

Philosophy for 40's

나를 떠나는 인간관계에
연연하지 않아도 되는 7가지 이유

스티브 잡스는 자신이 공동 창업한 회사인 애플에서 해고되는 아픔을 겪었다. 애플에서 해고된 사건은 그에게 큰 충격이었지만, 이는 그에게 하나의 기회가 되었다. 스티브 잡스는 넥스트(NeXT)와 픽사(Pixar)에서 새로운 성공을 거두었고, 결국 다시 애플로 돌아와 회사를 세계적인 기업으로 탈바꿈시켰다. 그는 현재까지도 혁신의 아이콘으로 불리고 있다.

스티브 잡스의 사례는 떠나는 것들에 연연할 필요가 없는 이유를 명확히 보여준다. 삶이나 인간관계에서의 이별이나 변화는 단순히 끝을 의미하지 않고, 오히려 새로운 시작의 기회가 된다. 그렇기에 우리는 이별이 가져다 주는 아픔과 불확실성 속에서도 자신만의 성장과 발전을 이루어야 한다. 상대방이 나를 떠난다면 집착하지 말고 그에 연연하지 마라. 인간관계에 연연하지 않고도 잘 사는 사람들의 몇 가지 특징이 있다.

첫 번째
인맥에 집착하지 않는다.

누군가는 사람들 사이에서 '마당발'이라 불리며 아는 사람이 많다는 것을 자랑스럽게 여긴다. 의외로 많은 사람들이 인맥이 넓은 사람들을 부러워하며, 아는 사람이 많으니 인간관계도 좋다고 생각한다. 그러나 인간관계에서 인맥이 넓다는 것은 크게 의미가 없다. 중요한 것은 아는 사람의 수가 아닌, 관계의 깊이, 즉 인간관계의 질이기 때문이다. 인간관계에 집착하지 않는 사람들은 좋은 인간관계를 아는 사람의 수로 판단하지 않는다. 몇 명이든 간에 한 사람 한 사람이 서로 나와 잘 맞는 내 사람이면 된다. 그 사람이 꼭 오랫동안 알고 지내던 친구가 아니더라도, 나와 맞는 단짝은 반드시 있다. 인생에서 진정한 친구 한 명만 있어도 성공한다는 말이 있다. 예전부터 많은 사람들이 수많은 친구보다 단 한 명의 친구가 더 소중하다는 사실을 강조해왔다. 그렇기에 단순히 인맥을 넓히기 위해 많은 사람과의 관계를 유지하려고 애쓰지 마라. 나를 떠나가는 사람은 굳이 잡지 말고, 그것은 그냥 그 사람의 사정이라고 생각하라.

1. 인간관계 스트레스에서 벗어나라

두 번째

할 말을 참지 않는다.

인간관계에 집착하는 사람들은 남들에게 듣기 좋은 말만 하느라 진심을 털어놓지 못한다. 그들은 결국 누군가에게 반드시 이용당하고 상처를 입게 된다. 만일 할 말을 제때 했더라면 이런 일은 없었을지도 모른다. 이들은 남들에게 싫은 소리를 하기 어려워, 반드시 해야 하는 얘기임에도 불구하고 마음 속 깊이 숨겨두고 말하지 못한다.

하지만 인간관계에서는 때로는 듣기 싫은 소리도 할 줄 아는 용기가 필요하다. 사람과 사람 사이의 만남에서 좋은 인간관계를 유지하는 사람들을 살펴보면, 결코 좋은 얘기만 하지 않는다. 그들은 처음에는 남들에게 깐깐하게 굴고 나중에 가서 대범하게 행동하곤 한다. 그들은 첫 만남부터 상대방에게 다소 까다롭게 보일지라도, 미리 원치 않는 얘기나 관계에서 반드시 지켜줬으면 하는 원칙, 그리고 내가 하고 싶은 마음 속 얘기 등을 솔직히 밝힌다.

사람 간의 갈등은 대부분 '싫은 소리'를 하지 않았기에 생기는 경우가 많다. 사람의 기분을 신경 쓰고, 그 사람을 곤란하게 하기 싫어서 배려하는 것은 좋다. 하지만 진짜 마음 속 불편함을 밝히지 않고 무조건 남에게 맞추는 일은 삼가라. 이런 인간관계가 계속되면 언젠가 반드시 이용당할 것이고, 그렇지 않다면 스스로 먼저 지쳐서 인간관계를 포기하게 될지도 모른다.

세 번째

잘못된 충고에 상처받지 않는다.

사람들의 말을 모두 받아들일 필요는 없다. 입에서 나온다고 해서 모두 말이 아니다. 절친한 친구나 직장 동료, 혹은 알고 지내는 사람들이 이런저런 충고를 할 때가 있다. 그들의 충고를 들은 날은 몹시 신경 쓰이고, 자기 자신에게 무슨 문제가 있는 건 아닐지 밤에 잠도 못 이루기도 한다.

하지만 그의 말을 다 들을 필요는 없다. 그들이 항상 옳은 말을 하는지도 의문이다. 그들은 딱 우리 정도 알고 있거나, 심지어는 더 모를 때도 많다. 그럼에도 불구하고 그들은 자신이 옳다고 믿고, 그것을 충고라는 이름으로 전달한다.

대부분의 사람들은 그들과의 관계를 생각해 그들의 충고를 받아들이려 하지만, 사실 그 충고들은 굳이 들을 필요가 없다. 그들은 그럴싸한 말로 "인생을 이렇게 살아야 한다." "저렇게 살아야 한다." 며 쉼 없이 충고를 늘어놓는다. 하지만 그들이 놓치는 사실은 세상에 정답은 없다는 것과, 이 세상에 남의 뜻대로 살기 위해 태어난 사람은 아무도 없다는 것이다.

그들이 정말 상대방을 위한다면, 충고를 하기보다는 상대방을 존중해 주고, 무언가 잘못된 부분이 있는 것 같다면 함께 머리를 맞대고 더 좋은 생각은 없는지 같이 고민해 보아야 한다. 하지만 일부 사람들은 사랑과 우정, 혹은 관심이라는 이름으로, 상대방의 선택

1. 인간관계 스트레스에서 벗어나라

할 권리를 빼앗으려 한다. 만일 사랑이 한쪽의 일방적인 행동으로만 이루어진다면, 그런 사랑은 차라리 없는 편이 낫다. 그런 일방적인 인간관계에 연연하지 마라.

네 번째
헌신하지 않는다.

항상 앞장서서 남을 도와주고, 다른 사람들에게 관심을 가지는 사람들이 있다. 이린 사람들은 관게가 깨질까 두려워 자신과 밎지 않아도 계속 헌신하는 경우가 많다. 이런 행동은 단순히 착한 것이 아니라, 마음속으로는 불만이 가득한 채 상대에게 의존하는 것이 습관이 된 것이다. 이러한 행동을 하는 이유는, 상대가 떠날까 두렵고 자신이 쓸모없는 존재로 여겨질까 걱정되기 때문이다. 그래서 혼자 힘으로 서는 것이 두려운 것이다. 그러나 이런 행동은 진정한 친밀함이 아니라 공포에서 나온 것이다.

만약 지금 생각하는 좋은 인간관계가 이런 의존적인 것이라면, 그 행동을 지금 당장 멈추고 자신의 미성숙함을 인정해야 한다. 자신을 돌보기도 힘든데, 언제까지 남에게만 신경 쓸 수는 없다. 남을 위해 헌신하기보다는 자신의 성장에 시간을 투자하고, 모든 힘을 쏟는 것이 현명하다.

다섯 번째

선을 지킨다.

인간관계에 연연하지 않는 사람들은 막무가내일 것 같지만 오히려 더 예의를 차린다. 가까운 사이일수록 더 선을 지키는 것이 중요하다. 친하다고 해서 선을 넘으면 불편해지고, 너무 집착하면 정이 떨어지기 마련이다. 선을 지키고 집착하지 않으면 상대방도 편하고 자신도 마음이 편하다.

상대방에게 예의를 지키면 매력 있는 사람으로 보이기도 한다. 그래서 인간관계에 집착하지 않아도 사람들이 도움을 주거나 먼저 따르는 경우가 많다. 게다가 서로 예의를 지키면 상처받을 일도 없다.

쇼펜하우어에 따르면 사람들은 서로의 거리를 유지하기 위해 예의를 발견했다고 한다. 예의를 지키지 않으면 다툼이 일어나고 멀어지게 되기에 사람들은 예의를 지키기로 하였고, 그 결과 서로의 온기는 적당히 만족되었다.

인간관계에 연연하지 않는다고 해서 상대를 막 대하지 마라. 그저 적당한 거리를 유지하며 예의를 지켜라. 예의로 사람을 대했지만 누군가 선을 넘는다면 망설이지 말고 잘라내라. 그저 정 때문에 넘어가 주면 상대방은 더 무례하게 행동할 것이다.

1. 인간관계 스트레스에서 벗어나라

여섯 번째

남의 평가에 기죽지 않는다.

우리는 자주 다른 사람의 평가를 신경 쓰느라 인간관계에서 벗어나지 못한다. 그 사람에게 좋은 평가를 받고 싶어서 자기 자신의 삶을 지우고 남을 위한 삶을 살게 된다. 하지만 남이 무시한다고 해서 스스로의 가치를 낮게 보지 마라. 무시가 습관인 사람들이 오만하고 남을 낮추는 이유는 자신밖에 생각하지 않기 때문이다. 자기 수준에 맞게 생각하기에 다인의 가치를 보지 못해시 그렇다. 마치 앞만 보고 옆을 보지 못하는 경주마 같다.

이를 바꿔 말하면 누군가가 나를 무시한다고 해서 내가 부족하거나 모자란 것이 아니라는 것이다. 남이 나를 냉담하게 대하더라도 그냥 무시하면 된다. 내 능력은 충분하고, 그저 그 사람의 기대치에 못 미쳤거나 나에 대해 잘 모르면서 오만한 태도를 가진 사람들의 수준 낮은 헛소리에 불과하니까. 그러니, 절대 스스로 무능력하다고 생각하지 마라.

일곱 번째

가는 사람 잡지 않고 오는 사람 막지 않는다.

사람들이 떠나간다고 슬퍼하며 스스로의 문제점을 찾는 사람이 있다. 하지만 인간관계는 자주 변하는 것이 자연스러운 일이다. 아무리 친한 사람이라도 각자의 삶의 방향이 달라지면 관계가 멀

마흔에 읽는 철학

어지기 마련이다. 어렸을 때 어울리던 친구들과의 만남이 점점 줄어드는 것도 각자의 삶의 방향이 달라지기 때문이다.

때로는 일부러 인간관계를 놓아줘야 할 때도 있다. 내가 변했을 수도 있고, 상대방이 변했을 수도 있다. 어떤 이유에서든 더 이상 관계를 유지하기 어렵다고 느낄 때는 슬퍼하지 말고 담담하게 현재 상황을 받아들이는 것이 중요하다. 아무리 인간관계를 유지하려고 해도 소용이 없을 것 같다면 억지로 노력하지 마라. 그 우정을 놓아주고 내 길을 가는 것이 지혜롭다. 이미 어긋난 관계를 붙잡으려 하면 상황만 더 나빠질 뿐이다.

사람에게 너무 집착하면 슬픔만이 찾아온다. 누가 됐든 사람은 결국 떠나기 마련이다. 늦고 빠른 차이일 뿐이니 인간관계에 연연하지 마라. 인연은 기다리지 않아도 찾아오고, 인연은 보내지 않아도 떠나간다는 말이 있듯, 평생 함께 갈 인연은 결국 자연스럽게 찾아온다.

1. 인간관계 스트레스에서 벗어나라

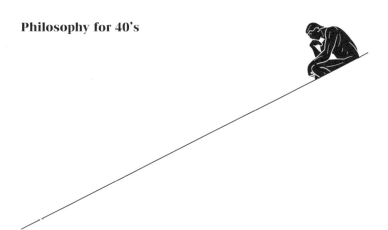

나를 무시하고 있다는
3가지 신호

세상에는 좋은 사람들도 많지만, 만나고 나면 마음이 불편해지고 기분이 나빠지는 사람들도 있다. 이들은 직접적으로 나를 무시하지는 않지만, 은근히 깎아내리려 한다. 모든 사람과 좋은 관계를 유지하면 좋겠지만, 나를 무시하는 사람들까지 신경 쓰다 보면 스트레스를 받을 수 있다. 그렇다면 이런 사람들을 어떻게 알아보고 대처해야 할까?

첫 번째

사소한 일에도 지적하고 핀잔을 준다.

누군가 사소한 일에도 지적을 하고 핀잔을 준다면, 이는 당신을 무시하려는 신호일 수도 있다. 예를 들어, 옷을 잘 차려 입으면 사치스럽다고 비난하고, 편하게 입으면 꾸미지 않았다고 핀잔을 준다. 이런 행동은 상대방을 낮게 보고 자신을 높이려는 의도에서 비롯된다. 이런 사람들은 자신에게는 관대하고 남에게는 엄격한 기준을 가진다. 그들은 상대의 결점을 지적하며 자신의 우월함을 느끼고, 이를 통해 자신의 위치를 높이려 한다. 정말로 중요한 자리에서 옷을 잘못 입었을 때 충고 정도는 해줄 수 있겠지만, 별 일 아닌 상황에서 반복적으로 지적하고 핀잔을 준다면 다른 의도가 있을 수 있다. 그들이 정말 걱정해서 하는 말인지, 아니면 자신이 우월함을 느끼고 싶어서 하는 말인지 명확하게 구분하라. 이런 지적과 핀잔이 계속 반복된다면, 당신을 무시하려고 하는 신호일 수도 있다.

두 번째

첫 만남부터 반말을 쓴다.

인간관계에서는 초면부터 반말을 쓰거나 무례하게 대하는 사람을 생각보다 자주 만나게 된다. 이런 사람들이 초면부터 반말을 하는 이유는 자신이 더 우위에 있다고 느끼기 때문이다. 이는 상대방을 무시해도 된다는 속마음을 은연중에 드러내는 신호다. 반말

1. 인간관계 스트레스에서 벗어나라

은 서로 친한 사이에서나 합의된 사이에서나 허용될 수 있는 표현 방식이다. 그렇기에 처음 만난 사람에게 반말을 한다면, 그 사람은 이기적이고 경우 없는 사람일 가능성이 높다. 마음대로 상대와의 거리를 좁히려는 행위는 상대에게 불편함과 불쾌감을 준다. 상대가 계속해서 무례한 태도를 보인다면, 관계를 재고할 필요가 있다. 균형 잡힌 관계를 유지하기 위해서는 단호하게 대처하는 용기도 필요하다. 인간관계를 위해 상대에게 예의를 요구하는 것은 결코 잘못된 일이 아니다. 게다가 유독 나에게만 무례하게 구는 사람이 있다면 반드시 대처해야 한다. 이런 상황에서는 먼저 침착하게 대응하는 것이 중요하다. 감정적으로 반응하기보다는 차분하게 자신의 입장을 전달하는 것이 좋다. 상대에게 지금 느끼는 불편함을 솔직하게 말하고, 예의를 지켜달라고 요청하라. 정중한 태도로 말했음에도 불구하고 상대가 계속해서 무례한 태도를 보인다면, 그 사람과의 관계를 다시 생각해보는 것이 좋다. 때로는 억지로 관계를 유지하는 것보다 단호하게 거리를 두는 것이 더 나을 때가 많다.

세 번째
대놓고 업신여긴다.

누군가 사람들 사이에서 당신을 농담거리로 삼고 항상 무시한다면, 이는 당신을 대놓고 업신여기는 행동이다. 당신을 몇 수나 아래로 보고 있기에 이렇게 대하는 것이다. 물론 분위기를 띄우기 위

마흔에 읽는 철학

해 하는 가벼운 장난 정도야 친한 사이에서는 어느정도 넘어갈 수 있다. 하지만 이런 사람들은 반드시 선을 넘고는 한다. 기분 나쁨을 표현해도, 눈치 없이 계속되는 참을 수 없는 모욕은 심각한 문제다. 이러한 모욕에는 누구나 기분이 상할 수밖에 없지만, "내가 틀린 말 했어?"라는 식으로 자신의 행동을 정당화하려는 본성 자체가 못된 사람도 있다. 이런 사람은 자신이 솔직한 사람이고, 할 말은 하는 사람이라고 착각한다. 하지만 그것이 설령 진실일지라도, 상대에 대한 예의가 없다면 이는 언어적 폭력과 다름없다. 이런 사람들은 상대를 무시하고 있는 건 물론이고, 사회적 지능이 낮아서 인간관계에서 어떻게 행동할지 모르거나, 혹은 상대에게 큰 질투를 하고 있을 가능성이 높다. 이런 행동이 반복된다면, 이런 사람과의 관계에서 거리를 두어 스스로를 보호하는 것이 좋다. 또한 주변에 신뢰할 수 있는 사람들에게 도움을 요청하거나 상황을 글로 정리해 객관적으로 바라볼 필요가 있다. 사람들과의 관계에서 중요한 것은 서로의 감정을 존중하는 것이다. 만약 상대방이 당신을 이해하고 배려하는 마음이 없다면, 그 관계는 건강한 관계가 될 수 없다. 상대방이 당신을 존중하지 않는다면, 그 관계를 억지로 유지하려 애쓰지 마라.

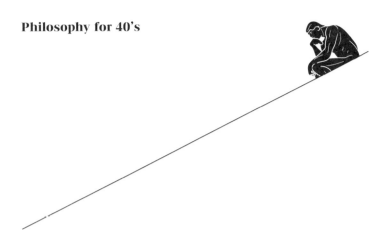

착하긴 한데 은근히 불편한 사람들의
8가지 특징

우리 주변에는 분명히 착해 보이고, 게다가 친절하기까지 한 좋은 사람들이 있다. 하지만 그런 사람들 중에는 은근히 불편함이 느껴지고, 좀처럼 가까이 지내기 어려운 경우도 있다. 이런 사람들은 자주 만나지는 않지만, 인생을 살아가며 몇 번은 마주치게 된다. 이들은 왜 좋은 사람 같지만 불편하고 괜히 스트레스를 주는 것일까? 분명 착하게 행동한 것 같지만, 다음의 5가지 행동을 하면 남을 불편하게 하고, 멀어지게 만든다.

첫 번째

과도할 정도로 공감한다.

인간관계에서 과도하게 호응하며 공감하는 사람들을 흔히 '오버한다'고 한다. 이들은 남에게 최선을 다해 공감해주려 한다. 하지만 종종 상황을 제대로 이해하지 못하고 과도한 공감을 표현하여 불편함을 줄 때가 있다. 이들은 상대방의 감정에 지나치게 공감하며, 그들의 고통이나 기쁨을 과하게 나눈다. 이런 사람들이 불편한 이유는 상대방의 말을 잘 이해하지 못했음에도 불구하고 과도하게 공감을 표현하기 때문이다. 말을 잘 이해하지 못했음에도 공감하려 하니 연기하는 것 같고, 억지로 공감하는 척하는 느낌을 주어 불편하다. 이런 사람들은 상대방의 말을 듣기보다 자신의 감정을 표현하는 데 집중하는 경향이 있다. 이는 상대방에게 부담을 주거나 그들의 감정을 무시하는 것처럼 느껴지기도 한다. 이들은 또한 자신의 감정을 과도하게 드러내는 경향이 있다. 이런 행동은 인간관계에서 선을 넘는 행동으로 보일 수도 있고, 너무 지나치게 가까워지려는 것처럼 보일 수도 있어 부담이 되기도 한다.

두 번째

과도하게 도와주려 한다.

분명 사람은 착한데 은근히 불편한 사람들이 있다. 이들은 너무 많이 도움을 주려고 한다. 상대방이 요청하지 않았음에도, 때로는

1. 인간관계 스트레스에서 벗어나라

도움이 전혀 필요하지 않은 상황에서도 나서서 도우려 한다. 이런 행동은 좋은 의도로 시작되지만, 결과적으로는 예상치 못한 불편함과 당혹감을 준다. 도움을 받는 사람은 원하지 않거나 필요하지 않은 상황에서 일방적으로 도움을 받게 되며, 이는 인간관계에서 큰 부담으로 다가온다. 과도하게 도움을 주려는 사람들은 상대방이 무엇을 원하는지 정확히 파악하지 못하고, 자신의 기준에 따라 멋대로 도움을 주려고 한다. 상대방 혼자서도 해결할 수 있는 문제에 굳이 나서서 도와주는 태도는 상대방을 무능력한 사람으로 취급하는 것이다. 정말 현명한 도움은 상대방이 필요로 할 때, 그들의 요청에 따라 제공되는 것이어야 한다. 과도하게 도움을 주려는 사람들은 이런 기본 원칙을 무시한 채, 자신의 방식대로 행동하려 한다. 이들은 순수하게 도와줄 목적보다는 남을 도와주는 것을 통해 상대방에게 인정받고자 하는 욕구를 가지고 있다. 이런 도움은 진정한 이타심에서 비롯된 것이 아니라, 자신의 자아를 만족시키기 위한 것이기에 상대방을 불편하게 만든다.

세 번째
가식으로 보일 정도로 친절한 태도로 대한다.

인간관계에서 친절함은 당연히 중요하다.

그러나 지나칠 정도로 친절하면 오히려 상대방이 불편해질 수 있다. 지나친 친절은 진심이 아닌 것처럼 보일 수 있고, 오히려 가식적이라는 생각이 들게 한다. 친절하게 대하는 것은 좋지만, 적절한 선에서 친절을 베풀지 않고, 너무 과하면 상대방은 그 뒤에 숨겨진 의도를 의심할 수 있다. 진심이 아닌 것 같은 친절은 오히려 불신을 일으키고 관계를 어렵게 만든다. 게다가 친절이 과하게 되면 상대방은 그 친절을 보답해야 한다는 압박감을 느낄 수 있다. 진정한 친절은 상대방이 편안함을 느끼게 하는 것이다.

네 번째
의견을 쉽게 바꿔버린다.

손바닥 뒤집듯 의견을 자주 바꾸는 태도는 줏대 없어 보인다. 순간의 상황이나 상대방의 기분에 따라 자신의 주장을 자주 바꾸는 사람은 결국 오락가락하는 사람으로 보인다. 이런 태도는, 남에게 잘 맞춰주는 착한 사람으로 보이기보다는 믿을 수 없는 사람으로 보이게 만든다. 아무리 착하고, 남을 배려한다고 해도 자신의 신념과 주장만큼은 일관되게 유지해야 한다. 그렇지 않으면 그 사람의 말에 어떠한 가치도 부여할 수 없게 된다. 일관성이 없고, 매 상황마다 다르게 행동하는 사람과는 깊게 사귈 수 없다. 상대방의 기분을 맞추기 위해 의견을 바꾸는 것은 잠시 호감을 얻을 수는 있으나, 장기적으로 이로울 게 하나도 없다. 사람들은 자신의 의견을 분명히 표현하고, 그 의견에 대해 일관된 태도를 유지하는 사람을 더 높이 평가한다. 일관된 의견을 유지하는 것은 쉽지 않을 수 있다.

특히 다양한 상황과 사람들의 기대를 맞추려 할 때 더욱 그렇다. 그러나 진정한 인간관계는 일방이 무조건 맞춰주는 것이 아니라 서로의 진실된 모습을 인정하고 서로 존중하는 데에서 시작된다는 사실을 명심하라.

다섯 번째
선 넘는 질문을 한다.

타인에게 관심을 가지는 것은 좋다. 그러나 너무 깊이 파고들면 상대방은 불쾌할 수 있다. 개인적인 영역을 침해하는 것은 상대방의 자유를 무시하는 것이다. 결국 이런 행동은 상대방으로 하여금 나를 불편한 사람, 껄끄러운 사람으로 느끼게 만든다. 상대방의 개인적인 경계를 존중하는 것은 기본적인 예의다. 이러한 경계를 지키지 않는다면 좋은 인간관계는 불가능하다. 따라서 상대방에게 아무리 관심이 가더라도, 그 선을 넘지 않아야 한다. 정말 좋은 인간관계는 불편해서는 안 된다. 서로가 편한 인간관계가 정말 좋은 관계다.

여섯 번째
무조건 긍정한다.

인간관계에서 일어나는 문제에 대해 무조건 좋게 보는 태도는 겉으로는 평화롭고 성격 좋은 사람으로 보인다. 그러나 조금만 자세히 들여보면 이는 실제 문제를 해결하는 데 도움이 되지 않는다. 무조건 긍정하는 것은 일시적으로 회피만 할 뿐, 진정한 문제 해결 방법을 제공하지 못한다. 오히려 문제를 덮어두고 피하는 결과를 낳을 수 있다. 무조건 긍정하기보다는 잘못된 부분에 대해서는 짚고 넘어가야 한다. 잘못된 것은 잘못됐다고 말해주는 사람이야말로 상대방의 성장과 발전을 진심으로 바라는 사람이다. 이러한 사람은 단순한 친구가 아니라, 함께 문제를 해결하고 성장해갈 동반자다. 무조건 긍정하는 태도는 갈등을 피하려는 마음에서 나올 수 있다. 하지만 갈등이 반드시 나쁜 것만은 아니다. 건설적인 갈등은 오히려 서로의 입장을 이해하고, 더 나은 해결책을 찾는 기회가 된다. 따라서 무조건 긍정하기보다는, 때로는 비판적이고 분석적인 태도로 판단하라.

일곱 번째

미안하다는 말을 달고 산다.

잘못을 인정하고 사과하는 것은 잘못했다면 당연히 해야 하는 것이며, 인간관계에서는 너무나도 기본적인 행동이다. 그러나 딱히 잘못한 게 없음에도 습관적으로 사과가 너무 잦다면 오히려 관계에 악영향을 끼칠 수 있다. 과도한 사과는 상대방을 불편하게 하고, 사과하는 사람의 진심을 의심하게 만든다. 특히 사소한 일에 너무 자주 "미안하다"고 말하는 사람들은 상대방에게 오히려 부담을 주며, 불편하게 만든다. 습관처럼 자주 반복되는 사과는 그 말의 무게를 가볍게 만든다. 사과는 진심에서 나와야 하며, 실제로 잘못을 했을 때 사용해야 한다. 사과는 인간관계에서 반드시 필요하지만 함부로 내뱉을 말이 아니다. 잘못한 상황이 아니라면 사과하지 마라. "미안하다"는 말보다는 "고맙다"는 말을 더욱 많이 하라. 과도한 사과는 부담을 주지만, "고맙다"는 말은 기쁨을 준다.

여덟 번째
자신의 의견을 명확히 밝히지 않는다.

인간관계에서는 자신의 생각을 명확히 표현하지 않으면 반드시 문제가 생긴다. 소통은 사람 사이의 다리와 같아서, 이 다리가 튼튼해야 서로의 마음과 생각을 잘 주고받을 수 있다. 하지만 착하지만 은근히 불편한 사람들은 자신의 의견을 분명히 말하지 않는다. 이들은 다른 사람의 기분을 상하게 할까 봐 자신의 생각을 완전히 밝히지 않아서 오해를 일으킨다. 이는 마치 건너려는 다리에 구멍이 난 것처럼 소통을 어렵게 만든다. 자신의 생각을 돌려 말하거나 아예 표현하지 않으면 상대방은 그 사람이 무엇을 원하는지, 어떤 생각을 하고 있는지 알 수 없다. 인간관계에서 서로의 선호, 싫어하는 것, 기대, 그리고 생각을 아는 것은 매우 중요하다. 이런 과정을 통해 서로를 잘 이해하고, 더 깊은 관계를 맺게 된다. 이처럼 자신의 의견을 명확히 표현하지 않으면 사람들 사이에 혼란이 생

마흔에 읽는 철학

긴다. 처음에는 배려해주는 착한 사람으로 보일 수도 있겠지만, 이런 행동이 반복되면 믿을 수 없고 불편한 사람이 된다. 속마음을 감추지 않아도 되는 상황에서는 자신의 의견을 명확히 밝혀라.

1. 인간관계 스트레스에서 벗어나라

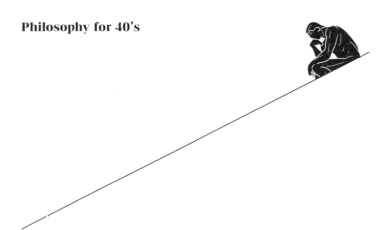

진국이고 인품 좋은 사람의
5가지 특징

처음 만났을 때는 구분이 잘 가지 않지만, 시간이 지나면 지날수록 더 좋은 사람이라 느껴지고, 평생 친구로 지내고 싶은 사람들이 있다. 이런 사람들은 많은 사람으로부터 진국이라는 평가를 받고, 인품마저 좋아서 주변에 좋은 사람이 많이 모인다. 이런 사람을 처음부터 알아보고, 친해질 수만 있다면 인간관계는 물론이고, 삶 전반이 행복해질 수 있다. 이렇게 진국이고 인품 좋은 사람들의 특징은 무엇일까?

첫 번째

한결 같이 행동한다.

인품 좋은 사람들은 어떤 상황에서도 한결같은 행동을 보여준다. 이들은 외부의 변화에도 흔들리지 않고 일관된 태도와 행동을 유지한다. 이런 변하지 않는 자세는 그들을 신뢰할 수 있게 하고 사랑받게 만든다. 한결같다는 것은 평범해 보이지만 매우 귀하고 흔치 않은 덕목이다. 이들은 성공이나 실패를 겪을 때도 한결 같음을 보여준다. 큰 성공을 이루었을 때도 오만하지 않고 겸손을 잃지 않는다. 실패했을 때도 좌절하느라 멈춰 있지 않는다. 이들은 자신의 원칙과 가치를 지키는 데 있어서도 일관성을 보인다. 유행이나 외부의 압력에 굴복하지 않고 자신이 옳다고 믿는 길을 걷는다. 이러한 일관성은 진정한 신뢰를 보여주기에 결국 인간관계 역시 깊어진다. 우리는 변덕스럽고 쉽게 변하는 세상 속에서 살아간다. 그렇기에 변치 않는 것이 더 가치 있게 느껴지기도 한다. 일관된 사람은 그 자체로 빛나고, 주변 사람들에게 안정감을 주며 인정받는다.

두 번째

속이 정말 깊다.

인품 좋고 진국인 사람들은 속이 깊다. 그들은 빠르게 판단하거나 성급하게 결론 내리는 것을 피한다. 다른 사람의 부정적인 말을 그대로 믿지 않으며, 확인되지 않은 이야기에 휘둘리지 않는다. 심

1. 인간관계 스트레스에서 벗어나라

지어 사실처럼 보이는 말도 즉시 판단하지 않는다. 대부분의 부정적인 말들은 시간이 지나면 진실이 아닌 것으로 드러나는 경우가 많기 때문이다. 때로는 진실이 아닌 것도 많은 사람이 믿는다는 이유만으로 분위기에 휩쓸려 진실처럼 보일 수 있다. 속이 깊은 사람들은 이런 점을 경계하며, 본질을 이해하려고 노력한다. 말을 하기 전에 한 번 더 생각하고, 불필요한 이야기는 하지 않는다. 속이 깊은 사람들의 큰 장점 중 하나는 경청 능력이다. 그들은 단순히 듣는 것이 아니라, 상대방의 말에 진심으로 귀를 기울인다. 상대방의 감정과 생각을 이해하려고 노력하기에 인간관계에서 크게 사랑받는다.

세 번째

약속 시간을 목숨같이 지킨다.

약속이라는 것은 매우 신기한 점이 있다. 그건 바로 가까운 사람과는 잘 안 지키게 되고, 먼 사람과는 더 잘 지키게 된다는 것이다. 편한 사이일수록 사람들은 약속 시간을 지키지 않고, 약속을 깨는 것을 습관처럼 여기는 경향이 있다. 하지만 친한 사이에서도 약속을 철저히 지키는 사람이 있다면, 그 사람은 인품 좋고 진국인 사람임이 틀림없다. 약속을 잘 지키는 사람은 믿을 수 있는 사람이다. 게다가 그들은 약속의 중요성을 알고, 이를 통해 상대방을 존중하고 배려한다. 신뢰는 인간관계에서 매우 중요하다. 약속을 잘 지킨다는 사실은, 시간을 지키는 것 이상의 의미를 가진다. 그것은 상대방을 얼마나 소중히 여기는지를 나타낸다. 약속을 지키는 것은 자신의 책임감과 신뢰성을 보여주는 행동이다. 이들은 다른 사람의 시간과 계획을 절대 소홀히 생각하지 않는다. 함께 한 약속을 잊지 않고 중요하게 생각한다. 이러한 태도는 인간 관계에서 중요한 덕목 중 하나이다. 신뢰가 있는 사람은 어떤 인간관계에서도 존중 받는다. 약속을 잘 지키는 사람과의 관계는 편안함을 준다. 이런 감정은 시간이 지나면서 더욱 깊어진다. 이런 사람이 인간관계 속에 있는 것만으로도 주변 사람들도 서로 존중하고 배려하게 되며, 좋은 인간관계를 형성하는 데 큰 도움이 된다.

네 번째

매사에 감사할 줄 안다.

인품 좋고 진국인 사람들은 매사에 작은 기쁨을 찾아내며, 이것을 귀하게 여긴다. 주변 사람들에게 자주 고마움을 표현하고, 그들이 준 도움에 진심으로 감사한다. 이러한 태도는 주변 사람들도 긍정적인 사람으로 만든다. 게다가 이들은 매사에 항상 좋은 점을 찾으려고 애쓴다. 그들은 어려운 상황에서도 희망을 잃지 않고, 긍정적인 마음으로 문제를 해결하려고 한다. 긍정적인 태도를 유지하는 것은 우리의 삶을 더 행복하게 만드는 중요한 요소다. 세상을 바라보는 시각을 바꾸면, 같은 상황에서도 더 나은 결과를 얻을 수 있다. 예를 들어, 비가 오는 날이 싫다고 투덜대며 짜증낸다고 해서 바뀔 것은 없다. 그저 내 기분만 안 좋아질 뿐이니 손해이다. 하지만 감사하는 이들은 비 덕분에 공기가 깨끗해진다고 생각하고, 비가 와서 더운 날씨가 시원해졌다고 생각한다. 이들은 같은 일에도 관점을 달리 함으로써 삶을 기쁘게 살아간다. 이처럼 사소한 일에서 기쁨을 찾는 것은 우리를 더 행복하게 만든다. 또한, 이런 태도는 주변에 전파된다. 웃는 얼굴로 상대를 대하면, 상대방도 기분이 좋아진다. 작은 친절과 감사의 표현은 돌고 돈다. 그리고 이런 긍정적인 태도는 우리 자신뿐 아니라 주변 사람들, 나아가 사회 전체에 좋은 영향을 미친다.

다섯 번째
작은 손해에 예민하게 굴지 않는다.

인품 좋은 사람은 작은 손해를 입어도 크게 신경 쓰지 않는다. 이들은 인간관계에서 작은 손해를 감수하면 인복으로 돌아온다는 것을 안다. 이들은 다른 사람을 돕는 것, 조금의 손해를 보는 것을 기쁘게 생각한다. 이런 태도로 인해 주변 사람들로부터 존경과 신뢰를 받는다. 손해를 신경 쓰지 않는 것은 그 이상의 의미를 가진다. 사람들은 큰 이익보다도 약간의 손해에 더 신경 쓴다. 사람이라면 본능적으로 손해에 더 민감하기 때문이다. 하지만 인품 좋은 사람들은 작은 손해는 일시적인 것이고, 그 후에는 더 큰 이익이 돌아온다고 믿는다. 예를 들어, 친구가 어려움에 처했을 때 도움을 주는 것은 시간이 든다. 게다가 힘이 들 수도 있기에 일시적으로는 손해라 느껴진다. 하지만 그로 인해 얻는 신뢰와 우정은 훨씬 큰 가치가 있다. 이렇게 상대를 흔쾌히 도와주는 사람들은, 어려울 때 상대방을 도와줬다면 자신이 어려워졌을 때는 그 도움이 더 큰 도움으로 돌아올 것이라고 믿는다. 이런 사람들은 인간관계에서 주고받는 도움은 돌고 돈다는 것을 안다. 누구나 이런 태도를 가진 사람들을 좋아하고, 선호하며 함께 일하고 싶어 한다.

1. 인간관계 스트레스에서 벗어나라

2

감정에
지배당하지 마라

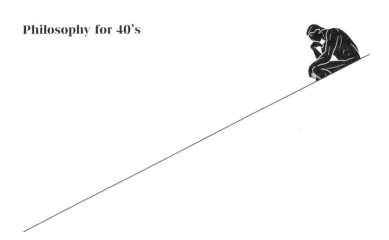

Philosophy for 40's

막말이나 비난에 상처받고
좌절할 필요 없는 이유 3가지

1955년, 아프리카계 미국인 여성 로자 파크스는 앨라배마주 몽고메리의 버스에서 백인에게 자리를 양보하지 않았다. 당시 미국에는 버스 안에서도 흑백으로 나눠 좌석을 차별하는 법이 존재했고, 앨라배마는 미국에서도 인종차별이 가장 심했던 곳으로 악명높았다. 백인에게 자리를 양보하지 않은 이 일로 인해 그녀는 체포되고 비난을 받았지만, 그녀의 행동은 미국의 시민권 운동에 큰 영향을 미쳤고, 결국 인종 차별을 종식시키는 중요한 계기가 되었다. 파크스는 당시 많은 비난과 막말에도 불구하고 상처받지 않고 자신의 신념을 굽히지 않았다. 내가 하는 일이 정당하다면 남이 하는 막말이나 비난에 상처받고 좌절하지 마라.

첫 번째

막말이나 비난을 쓰레기처럼 여겨라.

타인이 주는 상처는 쓰레기라 생각하라. 지금 내 손에 쓰레기가 있다면 어떻게 해야 할까? 아마 당장 쓰레기를 버릴 장소를 찾으려 할 것이다. 하지만 이상하게도 우리는 타인으로부터 받은 상처라는 쓰레기를 버리는 것이 아니라, 그것을 쓸데없이 간직하는 경향이 있다. 이는 마치 쓰레기가 생겼을 때, 그것을 즉시 쓰레기통에 버리지 않고 소중히 여기며 주머니 속에 매일같이 가지고 다니는 것과 같다. 이러한 행동은 불필요한 행동이다.

말이라고 다 같은 말이 아니다. 우리가 주고받는 말에는 여러 종류가 있다. 좋은 말, 보통의 말, 그리고 재활용조차 불가능한 쓰레기 같은 말이 그것이다. 그럼에도 불구하고, 우리는 왜 타인이 버린 쓰레기를 가슴속에 품고 있으려 하는가? 누군가 나에게 쓰레기를 줬다면 받지 말고, 훌훌 털어 버려야 한다. 쓰레기를 받아들이고 괴로워한다면, 우리 자신이 쓰레기통이 되는 것이나 마찬가지이다. 타인이 나에게 준 상처를 받았다면 '어, 이것은 돈도 되지 않는 쓰레기구나' 라고 생각하며, 그냥 버려라. 남의 막말이나 비난에 상처받는 것 자체가 감정 낭비고 시간 낭비임을 명심하라.

두 번째

사람들의 평가는 항상 상반됨을 명심하라.

한 사람을 보고서도, 누군가는 좋은 사람이라고 평가하고, 누군가는 나쁜 사람이라고 평가한다. 사람들의 평가는 항상 상반되기에, 누가 나를 어떻게 평가할지에 크게 예민할 필요는 없다. 사람인 이상 누구나 타인이 자신을 어떻게 생각하는지 알고 싶어한다. 좋은 사람이라 생각해 주기를 바라고, 조금은 훌륭하다고 여겨 주기를 바란다. 하지만 사람들은 항상 옳은 평가를 하지 않는다. 오히려 원하는 평가를 받기보다, 반대되는 평가를 받는 경우가 더 많고, 이는 자연스러운 일이다. 이런 일에 너무 신경 쓰고 분노나 원망을 가지는 것은 긍정적이지 않다. 그러니 사람들의 평가에 연연하지 말고, 스스로 떳떳하다면 그 길을 꿋꿋이 가라.

세 번째

자존감이 낮은 사람일수록 남을 깎아 내린다.

누군가 막말이나 비난을 한다면, 신경 쓰지 마라.

그 사람은 자존감이 몹시 낮은 사람이기에 남을 깎아 내리는 안타까운 사람이다.

우리는 그런 사람들의 평가에 기죽을 필요가 전혀 없다. 오히려 그런 사람들을 안쓰럽게 생각하고 무시하면 된다. 우리가 해야 할 일은 그들의 말에 분노하는 것이 아니다. 그들은 타인이 반응해주면 더 즐거워하고, 자신의 자존감이 높아진다 생각한다. 그들에게 가장 좋은 약은 바로 무시이다. 쓸데없는 말에 귀 기울이지 않고, 타인의 평가에 흔들리지 마라. 사람의 진정한 가치는 외부의 평가가 아닌, 스스로의 내면에서 비롯되기 때문이다. 비난에 흔들리지 않고, 자신의 길을 묵묵히 걸어가라. 그들의 비난은 그들 자신의 불안과 결핍을 반영하는 것일 뿐 그 이상의 의미는 없다. 오히려 우리는 그들의 비난을 통해 자존감을 더욱 높일 수 있다. "이런 사람들이 나를 비난하는 것을 보니 내가 잘 될까 봐 불안한가보다." 라고 생각하면 자존감을 더욱 높일 수 있다.

화를 잘 내는
5가지 방법

1517년, 루터는 당시 로마 가톨릭 교회의 부패와 타락에 대해 분노했다. 특히 면죄부 판매와 같은 관행이, 그가 분노를 느끼는 핵심 원인이었다. 면죄부는 사람이 돈을 내고 죄를 사면 받을 수 있다는 것을 의미했는데, 이는 교회가 가르치는 구원의 본질과 상충되는 것이었다. 루터는 단순히 분노하여 감정적으로 화만 낸 것이 아니라, 행동으로 옮겼다. 그는 95개조 반박문을 작성하여 비텐베르크 성 교회 문에 못 박고, 교회의 부패와 면죄부 판매 등 문제점을 조목조목 지적했다. 이로써 종교 개혁이라는 역사적 변화의 시작점이 되었다.

마르틴 루터의 종교 개혁은 분노가 단순히 부정적인 감정이 아니라, 제대로 관리하고 적절히 표현할 때 중대한 사회적, 정치적 변화를 이끌어낼 수 있는 강력한 도구가 될 수 있음을 보여주는 사례다. 이처럼, 화를 현명하게 내기 위해서는 어떻게 해야 할까?

첫 번째
화를 참지 말아야 할 때를 알아라.

인간의 본성 속에는 분노라는 감정이 존재하고, 우리는 이 분노가 얼마나 강력한 힘을 가지고 있는지 알고 있다. 많은 사람들이 화는 참는 것이 무조건 이득이라고 말하고, 실제로 그렇게 생각하고 있다.

이 말은 전적으로 틀린 것은 아니지만 '무조건'이라는 단어는 틀렸다. 실제로 살아가면서 마주하는 거의 대부분의 상황에서 분노를 표출할 필요는 없다. 하지만 이것은 대화가 통하는 보통의 사람일 경우다. 세상에는 아이러니하게도, 친절을 베풀면 이를 약점으로 여기고, 진심을 다해도 이용하는 사람들이 존재한다. 이러한 사람들에게는 감정을 드러내지 않고 무시하는 것도 하나의 방법이 될 수 있다. 하지만 만약 그들이 선을 넘어 부당한 요구를 할 때, 그때는 더 이상 참지 말고 분노를 표출해야 한다. 그렇지 않으면 우리가 소중히 여기는 것들을 지킬 수 없게 된다. 상대가 내 호의를 무시하고, 말도 안 되는 요구를 지속한다면 "그것은 받아들일 수 없다"고 단호하게 말해야 한다. 단, 중요한 것은 분노에 휘둘리지 않는 것이다. 언제나 우리 감정의 주인이 되어야 함을 잊지 말아야 한다. 자신이 감정의 주인이라는 것을 잘 아는 사람의 분노는, 스스로 선택한 우아한 행동이다.

두 번째
적당한 화는 필요하다.

인간 관계나 직장에서, 어느 정도의 화가 있는 곳일수록 오히려 더 잘 돌아가는 것을 알 수 있다. 실제로, 화기애애한 분위기의 부서와 약간의 언쟁이 있는 부서를 비교해 보았다. 사람들은 화기애애한 부서가 더 성과가 좋을 것이라 생각했지만 결과는 의외였다. 사람들 사이가 너무 좋으면 성과가 떨어지고 실수가 발생할 때가 많았기 때문이다. 이는 '좋은 게 좋은 것'이라는 분위기 때문에 사람들 사이에 긴장감이 없기 때문이다.

일에는 어느 정도의 긴장감이 필요하다. 화는 그 긴장감을 만들어 주며, 이 긴장감은 좋은 자극이 된다. 화는 진심에서 우러나오는 감정이다. 이는 일에서도 마찬가지다. 진지하게 임하면 마찰이 생기거나 언쟁이 있을 수밖에 없고 분위기가 나빠질 수도 있다. 하지만 결과물이 더 좋게 나오는 것을 봤을 때, 화는 반드시 필요한 감정이다.

대신 화를 낼 때는 제대로 내야 한다. 나중에 후회할 폭언을 하

2. 감정에 지배당하지 마라

거나 업무와 상관없는 상대의 인격을 비난하는 행동은 절대 해서
는 안 된다.

세 번째
화를 낼 거면 제대로 내라.

우리는 화를 내고 후회하는 일이 많다.

타인에게 화를 잘못 내서 사이가 멀어지고, 문제도 해결되지 않
는 경우가 짖다. 이런 일이 벌어지는 이유는 감정이 우리를 지배하
기 때문이다. 화를 제대로 내고 싶고, 화를 통해 더 좋은 결과를 내
고 싶다면 우리는 화라는 감정을 자신의 도구로 삼아야 한다. 화를
잘 내는 사람은 화를 내면서도 타인에게 박수를 받기도 한다.

화를 제대로 내기 위해서는 먼저 부정적인 언어를 쓰지 말아야
한다. 부정적인 표현은 대화 상대의 마음을 닫게 만든다. 예를 들
어, 누군가가 당신의 선을 넘었을 때, 당연히 상처받고 화가 날 것
이다. 그러나 이런 때일수록 욕설이나 냉소적인 말로 대응하는 것
은 피해야 한다. 부정적인 말은 상대방이 그 표현에만 집중하게 만
들어, 실제로 당신이 전달하고자 하는 화의 메시지는 전달되지 않
는다.

그렇기에 부정적인 표현을 하는 대신, 긍정적인 언어로 대화를
시작해야 한다. 당신이 상대방에게 화를 내는 것은 그 사람을 마음
속으로 중요하게 생각하기 때문이다. 아무 관심 없는 사람에게는

진심으로 화가 나지도 않는다. 그러므로 이런 사람들에게 화를 제대로 내기 위해서는 "평소에 네가 얼마나 중요한지 항상 생각한다"와 같은 긍정적인 말로 대화를 시작해야 한다. 이러한 접근은 상대방이 당신의 말에 귀를 기울이게 만든다.

화를 표현할 때는 솔직한 감정을 전달하는 것이 중요하다. 이때 당신의 말에 판단이나 비난의 느낌이 들어가지 않게 주의해야 한다. 제대로 분노를 표현한 후에는 상황을 더 나빠지게 하지 않기 위해 잠시 호흡을 가다듬고, 자신의 감정을 천천히 되새겨 보는 것이 좋다. 긍정적인 말로 시작했다면 아마 당신이 생각하기에도 박수쳐주고 싶을 정도로 화를 제대로 냈을 것이다. 필요 이상으로 화를 내지 않았고, 주변 사람들도 인정했을 것이다.

사람들은 당신이 화를 냈다 하더라도 "저 사람이 화냈을 정도면 상대방이 얼마나 잘못했을까?"와 같이 당신에게 믿음을 준다. 화를 내면서도 타인의 지지를 얻는 법은 생각보다 쉽다.

네 번째
화를 긍정적으로 활용하라.

화는 사람을 용감하게 만든다. 화는 누군가에게 억울하거나 불공평한 대우를 받을 때, 또는 자신이 옳다고 생각하는 일을 하려다가 방해받을 때 느끼는 감정이다. 화의 에너지는 무궁무진하다. 적절한 상황에 맞게 잘 사용하면 실패를 두려워하지 않는 힘을 가질

2. 감정에 지배당하지 마라

수 있다. 사람에게 쓸모없는 감정은 진화 과정에서 사라졌을 것이다. 그러나 화라는 감정은 여전히 우리 안에 남아 있다. 이는 화가 우리에게 필요하기 때문에 아직도 존재하는 것이다.

하지만 화가 난다고 해서 난폭한 행동으로 표현하거나 감정에 휩싸여 무모한 행동을 하면 실수할 수 있다. 그러므로 화에 지배되지 않도록 해야 한다. 가슴은 뜨겁게, 그러나 머리는 차갑게 유지해야 한다. 화를 현명하게 이용하는 것이 중요하다. 화가 날 때는 그 에너지를 긍정적으로 바꾸어 목표를 이루는 데 사용하라. 이렇게 하면 화는 더 이상 부정적인 감정이 아니라, 우리의 삶을 더 나은 방향으로 이끄는 훌륭한 도구가 될 것이다.

다섯 번째
실패했을 때는 슬퍼하지 말고 화를 내라.

대부분의 사람들은 어떤 일에 실패하면 크게 낙심하고 우울해한다. 일상생활이 불가능할 정도로 무기력해지고, 자신감을 잃는다. 그러나 이럴 때 슬픔 대신 화를 내는 것이 좋다. 실패했다는 굴욕감에서 오는 화는 성공의 원동력이 될 수 있다. 역사적으로도, 현재도 화를 잘 다스려 큰 성공을 이룬 사람들이 많다. 이처럼 화의 힘을 잘 활용하면 단순한 감정의 폭발이 아니라 성공으로 향하는 촉매제가 될 수 있다.

화의 힘은 무한대에 가깝다. 화가 났을 때 우리의 추진력과 에

너지는 끝이 없다는 것을 느낀다. 우리는 화를 식히는 것이 정말 힘들다는 것을 알지 않는가? 화는 사람의 약한 의지를 강한 의지로 바꾸어 주기 때문이다. 실제로 화가 났을 때 우리의 행동을 보면 더 용감하고 적극적으로 변한다. 이를 자신의 일에 적용하면 성공에 큰 도움이 된다. 슬퍼한다고 해서 나아질 것은 하나도 없지만, 화를 냄으로써 나아질 것은 무궁무진하다. 우리가 어떤 것을 선택할지는 명확하다.

2. 감정에 지배당하지 마라

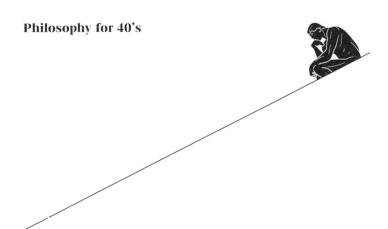

지금 내가 행복한지
알아보는 법

19세기 산업혁명은 대량 생산을 가능하게 하여 상품의 가격을 낮추고, 더 많은 사람들이 이전에는 누릴 수 없었던 편안함과 편리함을 경험할 수 있게 했다. 또한, 의학의 발전은 수명을 연장시키고 많은 질병을 치료할 수 있게 하여 인류의 삶의 질을 크게 향상시켰다. 게다가 많은 사람들은 불과 몇 십 년 사이에 밥을 굶을 걱정을 하지 않게 됐다. 하지만 아무리 우리의 삶이 편하고 발전하더라도 사람들은 지금 행복하다는 생각보다는 불행하다는 생각을 많이 하는 경향이 있다. 만일 지금의 삶이 불행하다고 느낀다면 사실 내가 지금 행복하다는 것을 이렇게 확인해 볼 수 있다.

쇼펜하우어는 사람들이 부정적인 감정에 사로잡히는 이유의 대부분이 자신을 타인과 비교하기 때문이라고 말한다. 많은 사람들은 타인이 자신보다 더 뛰어나고 더 많이 가졌을 때 자신의 비참함을 돌아본다. 모든 불행의 시작은 타인과 비교하는 것으로부터 시작된다. 그러나 한 번 짚고 넘어가 보자. 사람들은 자기 자신이 제일 불행하고 힘들다고 느끼지만, 실제로 이 지구상에 자기 자신보다 불행한 사람이 얼마나 많은지를 생각해봐라. 태어날 때부터 눈이 멀었거나, 전쟁 중인 나라에 태어났거나, 너무 빈곤한 나머지 한 끼 식사도 제대로 못하는 사람들도 있다. 그들 역시도 우리 주변에서 함께 살아가는 사람이다.

사람은 자기가 이미 갖고 있는 것, 가까이 있는 것에 초점을 맞추지 못한다. 그래서 내가 갖고 있는 것, 가질 수 있는 것들이 소중한지 알기 위해서는 그것에서 멀리 떨어져서 객관적인 시선에서 봐야 한다. 우리는 흔히 갖지 못한 것을 바라볼 때마다 "저게 내 것이면 얼마나 좋을까..." 라고 생각하고 부러워한다. 부러움은 잠시일 뿐, 지금 자신에게 없다는 사실을 떠올리며 금세 불행을 느끼게 된다. 없는 것을 부러워하고 슬퍼한다 해서 달라질 것은 없다. '돈이 없어서', '집이 없어서', '좋은 차가 없어서'라는 생각에 불행하다면, 지금 가진 것을 한 번 바라보고 이렇게 생각하라. '만일 이것을 잃어버린다면 얼마나 고통스러울까?' 아마 새로운 것을 갖는 것보

2. 감정에 지배당하지 마라

다 지금 갖고 있는 것을 잃는 것이 더 불행하고 괴롭다는 생각이 들 것이다. 이처럼 행복이라는 것은 이미 우리 손 안에 있다. 지금 가진 것을 똑바로 직시하고 만족하라. 타인의 것만 부러워하면서 괴로워하는 것은 의미가 없다. 지금 당신이 가진 것에 집중하고 만족하라.

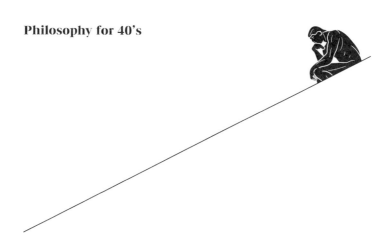

Philosophy for 40's

겁먹고
인생을 살지 마라

애플의 공동 창업자인 스티브 잡스는
기존의 틀을 깨고 새로운 것을 창조하는 데 두려움을 느끼지 않았
다. 혁신을 위해 모든 것을 갈아엎을 때도 직원들의 반발과 사람들
의 비난을 받았지만, 그는 실패에 대한 두려움을 갖지 않고 혁신을
향해 나아갔다. 결국 그의 혁신적인 아이디어와 제품들은 세계의
기술과 문화에 지대한 영향을 미쳤다. 잡스는 자신의 직관을 믿고,
실패를 두려워하지 않는 모습으로 많은 사람들에게 영감을 주었다.

이와 같이, 인류 역사 속에서 두려움을 극복하고 전진한 인물들
은 변화와 발전을 이끌었다.

우리는 일어날지 안 일어날지 확실하게 예측할 수 없는 일 때문에 겁을 먹고 현실에 눈을 돌리면 안 된다. 현실에 충실하기 위해서는 내 인생에 불행한 일이 절대로 일어나지 않을 것이거나, 적어도 지금 당장은 일어나지 않을 것이라고 생각해야 한다. 삶을 행복하게 살기 위해서는 걱정에 대한 상상력을 억제해야 한다. 걱정은 한 번 시작되면 좀처럼 멈출 수 없게 된다. 거센 폭풍에 휩쓸린 것처럼 한 번 시작된 걱정은 제멋대로 자란다. 걱정에 대한 상상력은 모래성과도 같다. 우리는 걱정으로 모래성을 쌓지 않도록 경계해야 한다. 걱정의 모래성은 우리에게 소중한 열정만을 낭비하게 한다. 걱정으로 세운 건물은 단 한 번의 한숨으로 무너져 내릴 만큼 허망하다. 가장 의미 없는 것은 아직 일어나지도 않았고, 일어날지도 모르는 불행을 상상하면서 걱정하는 것이다. 눈앞에 불행이 닥치기 전에는 미리 걱정하지 않는 것, 그것이 지혜로운 사람이 해야 할 행동, 걸어갈 길이다.

마흔에 읽는 철학

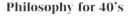

Philosophy for 40's

모든 불행의 시작은
비교다

방통과 제갈량은 출사 전 능력이 서로
비슷했고 두 사람에 대한 외부의 평가도 같았다. 하지만 시간이 지
날수록 둘의 처지가 달라지면서 방통은 자신보다 훨씬 앞서 나가
고 있는 제갈량을 받아들이기 힘들어했다. 계속해서 공을 쌓아가
는 제갈량을 보며 방통은 상대적 박탈감을 느끼고 마음의 평정을
잃게 된다. 방통은 반드시 공을 세워야 한다는 압박감과 제갈량을
향한 질투심으로 인해 제갈량이 분명히 위험을 경고했음에도 불
구하고, 그 조언을 듣지 않고 계속 진군하다가 결국 적의 매복에 목
숨을 잃고 만다. 만약 방통이 제갈량과 비교하지 않고, 제갈량의 조

2. 감정에 지배당하지 마라

언을 한 번 더 합리적으로 판단 후 진군하지 않았다면 방통은 목숨을 건졌을 수도 있다.

제갈량과 방통의 사례처럼 남과 비교를 하는 것은 나를 불행하게 만든다.

인간은 타인과의 비교를 통해 자신의 위치를 가늠한다. 자신보다 더 부유하거나 인기 많은 이들을 보며 우리는 자신의 삶에 대해 불만을 느낀다. 이러한 비교는 결국 불행으로 이어진다.

그러나 이런 비교는 아무런 의미도 없다는 사실을 알아야 한다. 지금 더 어려운 환경에서 살아가는 이들이 많음을 기억해야 한다. 눈으로 세상을 볼 수 없거나, 말소리를 들을 수 없는 이들, 하루 세 끼 식사조차 충분하지 않은 이들도 우리와 같은 세상에 존재한다. 이러한 사실을 마음에 새기면, 더 이상 타인과의 비교로 인한 불행에 사로잡히지 않는다. 오히려 감사함을 느낄 줄 아는 마음을 가지게 된다. 자신의 삶에 만족하고 감사할 줄 알며, 타인의 성공을 기뻐할 수 있는 너그러운 마음이 생긴다. 이런 마음가짐은 스스로를 더욱 행복하게 만든다. 우리가 살아가고 있는 이 세상은 비교를 위한 경연장이 아닌, 각자의 고유한 가치와 의미를 찾아가는 긴 여정이다. 우리가 진정으로 행복해지기 위해서는 타인과의 비교가 아닌, 자신의 내면을 들여다보고 자신만의 가치를 찾아가야 한다. 이 과정에서 우리는 진정한 자아를 발견하고 삶의 진정한 의미를 찾게 된다. 현재 살고 있는 삶을 사랑하고, 주변 사람들과 비교하지 말고 그저 관계를 소중히 여기며, 우리는 모두 각자의 길을 걸어가면 된다.

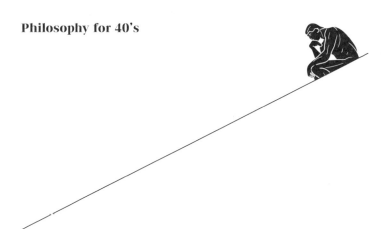

실패해도 좌절할 필요가 없는
5가지 이유

해리 포터 시리즈의 저자인 J. K. 롤링은
《해리 포터와 마법사의 돌》을 출판하기 전, 여러 출판사로부터 12
번의 거절을 받으며 큰 실패를 경험했다. 그러나 결국 블룸즈버리
출판사에서 해리 포터를 출판하기로 결정하였고, 해리 포터 시리
즈는 5억 부 이상이 판매되었다. 그녀는 아이 분유 값도 없을 정도
로 빈곤한 시절을 보냈지만 좌절하지 않고 자신의 아이디어를 책
으로 냈고, 그 결과 억만장자의 반열에 오르게 되었다. 만약 그녀가
12번의 실패에서 좌절하고 포기했다면 지금의 해리 포터는 없었
을 것이다.

인생에 있어서 가장 중요한 것은 실패 그 자체가 아니라 실패를 대하는 태도이다. 실패를 대하는 바람직한 태도를 갖는다면 더 이상 실패에 좌절하지 않을 수 있다.

첫 번째
실패는 금방 지나가는 것에 불과하다.

영원할 것 같지만 사실 실패는 일시적인 것에 불과하다. 실패는 그저 잠깐의 좌절일 뿐이다. 실패에 좌절하거나 주저앉지 말고, 포기하지 않는다면, 실패는 결국 지나가게 된다. 좋은 기회를 놓쳤다는 것은 인생에서 그다지 치명적인 것이 아니며, 실패했을 때의 고통도 영원하지 않다. 실패를 했을 때는 작은 성공으로 생각하라. 성공 아니면 실패라는 이분법적인 생각을 버려야 한다. 실패를 극복하는 방법은 개인의 태도에 달려 있다.

에디슨은 말했다. "아무것도 하지 않는 사람만이 결코 실패하지 않는다." "나는 실패한 것이 아니라, 전구가 안 되는 이유를 발견했을 뿐이다." "나는 실험에 실패할 때마다 성공으로 한 걸음 더 나아가고 있다." 모든 실패는 성공으로 가는 첫걸음이다. 어디가 잘못되었고, 어디가 잘되었는지를 알아낼 때마다 우리는 한 걸음씩 나아간다. 게다가 실패를 한 번 경험할 때마다 실패는 하나씩 줄어든다. 무엇인가를 시도하다가 완전히 실패로 끝나는 경우는 드물다. 진지하게 생각하고 나서 얻은 경험은 어떤 것이든 완전히 잘못

2. 감정에 지배당하지 마라

된 것은 없기에 실패에도 반드시 얻는 것이 있음을 명심하고 마냥
좌절하지 마라.

두 번째
실패는 소중한 스승이 된다.

실패를 통해 교훈을 얻는 사람은 "실패는 성공의 어머니"라는
말을 할 자격이 있다. 우리가 하는 모든 일은 깨달음을 위해 시작되
고, 실패를 통해 성장하며, 성공으로 끝난다. 깨달음, 실패, 성공은
한 사람의 성장 과정을 이룬다. 따라서 실패는 우리의 삶에서 매우
중요한 것이다. 우리는 성공보다 실패에서 더 많은 것을 배운다. 실
패한 사람들에게는 많은 아픔이 있다. 그 아픔 속에는 시련의 시간
이 있다. 시련의 시간을 잘 살펴보면, 배울 것이 많아 놀랍기까지
하다.

수천 번 넘어지면서 안전하게 걷는 법을 배운다는 말이 있다.
실패를 통해 오히려 성공의 방법을 배우고 실패를 흥미롭게 바라
보라. 젊었을 때일수록 실패는 곧 성공의 기반이 된다. 젊은 사람
앞에는 실패 후 물러서거나 다시 일어서는 두 가지 길이 있다. 이 순
간 무엇을 선택하는가에 따라 인생이 달라진다. 나이가 들었다 해
도 마찬가지이다. 실패를 통해 배우고, 무언가를 얻어간다면 성공
의 문은 가까워진다.

마흔에 읽는 철학

세 번째

좌절하느라 미래를 놓치지 마라.

우리는 실패 앞에서도 포기하지 않는 강한 마음을 가져야 한다. 단 한 번에 성공하려는 욕심을 가진 사람은 실패할 확률이 높다. 성공은 개인의 의지로 조절할 수 있는 것이 아니다. 사람들은 흔히 한 달에 한 번 혹은 1년에 한 번 있는 중요한 경기가 성공을 결정짓는 무대라고 생각하며 살아간다. 하지만 사실 그 경기 자체는 성공으로 가는 과정 중 하나일 뿐이다. 역경을 마주했을 때 가장 중요한 것은 실패에 굴하지 않는 마음가짐이며, 다음으로 중요한 것은 실패를 극복하는 방법이다.

사람들은 어떤 일을 시작하고 나서 그 일이 실패로 돌아갈까 봐 걱정하며 불안해한다. 이런 사람들에게는 다음과 같은 충고가 필요하다. "왜 당신은 자신을 믿지 못하는가? 오늘 실패한다고 해서 두려워할 필요는 없다. 당신에게는 내일이 또 있다. 어제의 실패 때문에 스스로를 괴롭히지 마라. 한 번의 실패를 계속해서 괴로워하는 것은 결국 다음 일도 실패하게 만드는 원인이 된다. 모든 좌절의 감정은 지나간 일을 후회하면서 시작된다. 이런 감정은 자신을 다치게 할 뿐만 아니라 주변 사람들까지 다치게 한다. 과거의 실패 때문에 자신뿐만 아니라 주변 사람들을 다치게 하지 마라. 그것 때문에 미래의 성공을 놓치는 어리석음을 저지르지 마라."

네 번째

실패를 통해 약점을 파악할 수 있다.

실패라는 단어를 들었을 때는 단점만이 가득해 보인다.

하지만 실패는 단점만 있는 것이 아니다.

우리에게 무엇이 부족한지 알려주는 큰 장점도 있다.

만약 그 부족한 점을 보지 못한다면, 실패는 계속 찾아오게 된다. 다시 말해, 실패는 우리에게 경고를 주는 신호다. 실패했다면 좌절하고 주저앉지 마라. 왜 실패했는지, 내 약점이 무엇인지, 어떻게 보완할 수 있는지를 생각하라. 실패하게 만든 그 약점만 보완한다면 성공은 그리 멀리 있지 않다는 것을 알 수 있다.

다섯 번째

실패했다면 방향을 수정하라.

항상 실패하는 것 같다면 노력의 방향을 바꿔야 한다. 계속 같은 실수를 반복하는 이유는 노력이 한 방향으로만 가기 때문이다. 그런데도 이를 깨닫지 못하고 같은 실수를 반복하면서 다른 결과를 기대하는 사람들이 있다. 성공에는 한 가지 방법만 있는 것이 아니다. 유연하게 여러 가지 방법을 시도해보아야 한다. 한 번 실패했더라도 포기하지 않고 계속 나아가는 사람은 결국 목표를 이룰 수 있다. 한 번에 일이 잘되는 경우는 드물다. 꾸준히 노력하는 사람에게는 성공이 따른다. 중요한 것은 결코 포기하지 않는다는 것이다.

목표를 향해 성실하게 노력하다가 실패하는 것이 게으르고 소심하게 사는 것보다 낫다. 용기를 내어 도전했으나 인정받지 못한 것이, 아무런 도전 없이 혼자 만족하며 사는 것보다 낫다.

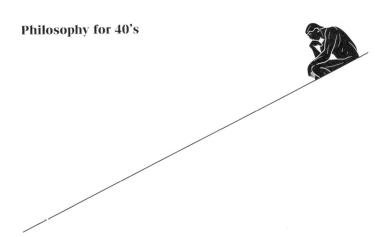

우울함에서 단번에 벗어나는
3가지 방법

사람이라면 때때로 우울한 감정이 들 때가 있다. 원인은 여러 가지가 있겠지만, 우울한 감정이 들게 된 그 순간부터 해야 할 일도 손에 잡히지 않고, 입맛도 없고, 무기력한 기분만 든다. 우울함이 심한 경우에는 의욕이 없는 상태로 하루, 이틀, 심할 경우 일주일 이상을 그냥 낭비하게 된다. 우리에게 주어진 시간은 한정적이기에 이런 식으로 시간을 낭비해서는 안 된다. 우울함에서 벗어나는 방법은 의외로 쉽다.

첫 번째

사소한 일이라도 몸을 움직여라.

만일 지금 너무 우울한 나머지 아무것도 하기 싫다면, 딱 한 번 꾹 참고 작은 일이라도 행동으로 옮겨 보아라. 우울할 때는 모든 것이 귀찮아지고, 아무것도 하기 싫어진다. 이런 순간에는 그냥 누워서 시간을 보내기 쉽다. 하지만 이럴 때일수록 작은 일이라도 직접 해보는 것이 중요하다. 예를 들어, 책상 위에 있는 지우개 부스러기를 치우는 것처럼 간단한 일부터 시작해보자. 이렇게 몸을 움직이면 마음도 조금씩 나아질 것이다.

우울함을 느낄 때는 작은 행동 하나라도 큰 변화를 가져올 수 있다. 조금 더 나아가, 주변을 정리하면서 마음도 함께 정리해보자. 방을 깨끗하게 정돈하는 것만으로도 기분이 한결 좋아질 수 있다. 물건을 정리하고 나면, 마음 속 억눌린 감정도 조금씩 풀릴 것이다. 또한, 청소를 하면서 불필요한 물건을 버리면 마음 속 짐도 덜어낼 수 있다. 이런 작은 행동들이 모여 긍정적인 변화를 만들어낸다. 몸을 움직이는 것이 마음을 움직이는 첫걸음이 될 수 있다. 우울함이 찾아올 때마다 작은 행동부터 시작해보자.

두 번째

현재에 집중하라.

미래에 대한 걱정으로 우울함에 빠져 아무것도 하기 싫을 때가

2. 감정에 지배당하지 마라

있다. 이럴 때는 미래에 대한 생각은 잠시 내려놓고, 현재 할 수 있는 일에만 집중해야 한다. 과거를 되돌아보거나 미래를 걱정하는 대신, 지금 이 순간에 몰두하라. 지금 내가 할 수 있는 일에 최선을 다하라. 현재에 몰입하면 걱정과 불안은 자연스럽게 사라진다. 이로 인해 우울한 기분도 사라지게 된다.

우울함에 휘둘려 소중한 시간을 낭비하지 말아야 한다. 지금 이 순간에 집중하는 것은 우리의 삶을 더욱 풍요롭게 만든다. 공부를 할 때는 공부에만 집중하고, 친구와 대화할 때는 그 대화에 온전히 몰두해보자. 이런 식으로 현재에 완전히 몰입하면, 그 시간의 가치를 더 깊이 느낄 수 있다. 또한, 현재에 집중하면 일의 효율도 높아지고 성취감도 커진다. 이는 우리의 삶에 긍정적인 영향을 미친다.

현재를 충실히 살아가면, 과거의 후회나 미래의 불안에 휘둘리지 않게 된다. 이는 결국 마음의 평화를 가져다준다. 지금 이 순간을 소중하게 여기는 자세는 우리를 더 행복하게 만든다. 작은 일이라도 진심으로 임하면, 그 순간이 쌓여 인생 전체가 빛나게 된다. 그러므로 지금 이 순간, 내가 할 수 있는 일에 최선을 다하자.

세 번째
의지할 수 있는 사람과 대화하라.

혼자서 감당하기 어려운 우울함이 찾아오면 두려워하지 마라. 믿고 의지할 수 있는 사람과 이야기를 나누어라. 우리는 다른 사람

마흔에 읽는 철학

과의 관계 속에서 성장하고 치유된다. 친구나 가족에게 마음을 털어놓고, 그들과의 관계를 더욱 돈독히 하며 우울함을 해소해보자. 우울함을 극복하기 위해서는 혼자서만 힘겨워하지 말고 주변 사람들과 소통하는 것이 중요하다.

예를 들어, 친한 친구에게 자신의 고민을 이야기해보자. 그 친구는 당신의 이야기를 들어주고, 함께 해결책을 찾을 수 있다. 가족과의 대화도 큰 도움이 된다. 부모님이나 형제자매와의 대화를 통해 서로의 마음을 이해하고, 지지와 위로를 받을 수 있다. 이러한 대화는 우리의 마음을 가볍게 하고, 우울한 감정을 덜어준다.

또한, 사람들과의 관계를 통해 우리는 삶의 의미를 찾고, 더 큰 행복을 느낄 수 있다. 소중한 사람들과의 대화는 우리를 치유하고, 성장하게 만든다. 따라서, 우울함을 느낄 때는 혼자서만 고민하지 말고, 믿을 수 있는 사람과 이야기를 나누어라. 그렇게 하면, 마음이 한결 가벼워지고, 더 나은 내일을 맞이할 수 있다.

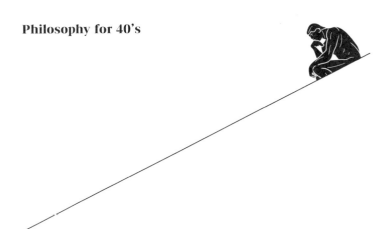

짜증을 가라 앉히는
3가지 방법

인간관계에서는 사람 때문에 짜증이 날 때가 대부분이다.

하지만 아무리 짜증을 내도 해결되는 것은 없다.

인간관계에서 짜증을 내는 것은 문제를 해결하는 데 전혀 도움이 되지 않는다. 어떤 문제가 생겼을 때 짜증을 내며 관계를 해치기보다는, 짜증을 어느 정도 조절하고 감정에 휩쓸리지 않는 것이 훨씬 더 문제를 해결하는 데 유리하다. 짜증을 가라앉히려면 이렇게 해야 한다.

첫 번째

잠시 자리를 피하라.

짜증이 났을 때는 잠시 그 자리를 떠나 깊게 숨을 쉬어라. 이는 격해진 감정을 진정시키는 데 큰 도움이 된다. 사실 화를 낸다고 해서 상황이 나아지는 것은 아니다. 오히려 순간의 감정만 풀릴 뿐, 문제는 여전히 남아있다. 우리가 짜증을 낼 때, 그 순간의 감정은 매우 강렬하다. 하지만 그 감정에 휘둘리면 상황은 더 나빠질 수 있다. 아무런 문제도 해결하지 못했는데 관계까지 더 악화될 수 있다. 이럴 때는 잠시 자리를 피하고 마음을 가라앉히는 것이 좋다. 깊게 숨을 쉬면서 마음을 차분히 가라앉히면, 더 나은 해결책을 찾을 수 있다. 또한, 잠시 시간을 두고 생각해보면 화 또한 누그러진다. 이는 단순히 화를 참는 것이 아니라, 더 나은 방법으로 문제를 해결하는 것이다.

두 번째

상대방의 입장에서 생각해보자.

상대방의 행동을 이해하려고 해보자. 그 사람이 왜 그렇게 행동했는지 생각해 보면, 짜증이 덜해질 수 있다.

다른 사람의 입장을 공감하면 화도 가라앉는다. 사람들은 각자 다른 환경에서 자라왔고, 다양한 경험을 했다. 그래서 같은 상황에서도 서로 다른 반응을 보이기 마련이다.

예를 들어, 친구가 약속 시간에 자주 늦는다면, 단순히 게으르다고 생각하기보다는 그 친구가 어떤 사정이 있는지 생각해보자.

어쩌면 집안일이 많아서 늦었을 수도 있고, 교통 상황이 좋지 않았을 수도 있다.

이런 식으로 상대방의 입장을 이해하려고 노력하면 우리의 짜증은 줄어 들 수 밖에 없다.

세 번째

차분하게 대화하라.

인간관계에서 누군가로 인해 짜증이 났다면, 한 번 상대방의 행동을 이해하려고 해보자. 그 사람이 왜 그렇게 행동했는지 생각해보면, 짜증이 덜할 수 있다. 다른 사람의 입장을 공감하면 화도 가라앉는다. 사람들은 각자 다른 환경에서 자라왔고, 다양한 경험을 했다. 그래서 같은 상황에서도 서로 다른 반응을 보이기 마련이다. 예를 들어, 친구가 약속 시간에 자주 늦는다면, 단순히 게으르다고 생각하기보다는 그 친구에게 어떤 사정이 있는지 생각해보자. 어쩌면 집안일이 많아서 늦었을 수도 있고, 교통 상황이 좋지 않았을 수도 있다. 이런 식으로 상대방의 입장을 이해하려고 노력하면 우리의 짜증은 줄어들 수 있다.

3

나를 지켜 줄
처세술

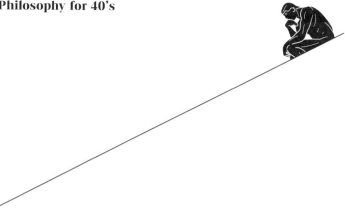

쉬운 사람으로 보이지 않는
7가지 방법

나폴레옹의 유년 시절, 프랑스의 사관학교는 대귀족 자제들의 경연장이었다. 코르시카라는 시골 출신의 하급 귀족 자제에 지나지 않았던 나폴레옹은 우스꽝스러운 코르시카 사투리를 쓰는 촌놈이라며 놀림을 받고, 동기들에게 괴롭힘을 당하며 힘든 시간을 보냈다. 하지만 나폴레옹은 자신의 재능을 드러냄으로써 더 이상 쉬운 사람이 아닌 함부로 대할 수 없는 사람이 되었다.

한 일화에 따르면, 폭설이 내렸을 때 재학생들끼리 두 편으로 갈려 눈싸움을 하게 되었다. 당시 나폴레옹이 속해 있던 편은 패배

직전까지 몰렸다. 이때 나폴레옹은 게임에서 승리하기 위해 스스로 지휘관을 자처했다. "위급 상황이니 내가 지휘한다. 이쪽 인원은 눈덩이를 뭉치기만 하고, 나머지는 눈덩이를 던지는 것에만 집중하라. 그리고 내가 지시하는 방향을 집중 공격하라."면서 직접 지휘했고, 결국 나폴레옹이 속한 편은 눈싸움에서 승리하게 되었다. 이때부터 나폴레옹은 더 이상 촌놈이 아닌 군사적 재능이 뛰어난 학생으로 주목받게 되었다.

그 유명한 나폴레옹 마저도 쉬운 사람으로 보여 힘든 날을 보냈다. 그러나 그는 자신의 특출난 재능을 드러냄으로써 함부로 대할 수 없는 사람이 되었다. 재능을 드러내는 것도 하나의 좋은 방법이지만, 이외에도 만만한 사람으로 보이지 않는 몇 가지 방법이 있다.

첫 번째

대답할 때 너무 빨리 하지 마라.

상대방의 질문에 즉시 대답하는 사람은 쉬운 사람으로 느껴질 수 있다. 이럴 때는 대답에 조금 뜸을 들이는 것만으로도, 만만한 사람으로 보이지 않을 수 있다. 특히 같이 대화하기 불편한 사람과의 관계에서는 더 효과적이다. 그들과의 대화에서 잠시 뜸을 들인 후 의견을 내놓는 것만으로도 쉽게 대할 수 없는 사람으로 비춰진다.

바로 대답하지 않고 뜸을 들이는 것은 상대방의 말을 중요하게 생각하고 있음을 간접적으로 보여준다. 게다가 이렇게 몇 초간 뜸들이기만 했을 뿐인데, 상대방은 답변을 기다리는 동안 괜히 불안해지며 오만 가지 생각이 들게 된다. 그저 대답을 조금 천천히 하는 것, 이 쉬운 방법만으로도 만만하지 않은 사람이 될 수 있다.

두 번째

거절할 때는 과감하게 하라.

우리는 살아가다 보면 종종 거절해야 하는 상황을 맞이하게 된다. 그리고 대부분 그때 거절하지 못하고 후회한다. 상대방의 부탁을 거절하기 미안해서 대부분은 거절하지 못한다. 그러나 거절하지 않으면 나중에 더 큰 문제를 직면하게 된다. 그러므로 요구가 정당하지 않거나 내가 받아들일 수 없는 요구라면 지체하지 않고 거절해야 한다.

상대방에게 거절하는 것은 어렵게만 느껴진다. 그러나 실제로 거절하면 놀랍게도 상대방이 그것을 당연히 받아들이고 쉽게 물러나는 경우가 많다. 부탁을 거절하는 것은 인간관계에서 무척이나 정상적인 일이고, 오히려 거절하는 것을 받아들이지 못하는 사람이 이상하다. 이런 사람은 생각이 없거나, 아니면 자신이 남보다 우월하다고 착각하는 오만한 사람일 가능성이 크다.

게다가 과감한 거절은 타인에게 자신이 설정한 인간관계의 선을 명확하게 보여줄 수 있다. 인간관계에서 선을 넘는 무례한 사람들이 많다. 대부분의 원인은 처음에 선을 제대로 정하지 않고, 거절

3. 나를 지켜 줄 처세술

하지 않았기 때문이다. 그렇기에 상대방이 선을 넘는다면 애매모호하게 말하지 말고, 반드시 명확하고 단호하게 거절하라. 미안한 감정은 잠시의 것이며, 그보다 더 중요한 것은 나중에 더 큰 문제를 피하는 것임을 명심하라.

세 번째

무례한 사람은 '맞는 말'로 상대하라.

인간관계에서는 누군가에게 말도 안 되는 소리를 듣게 되는 일이 생긴다.

상대방을 굳이 볼 일도 없고, 그저 쓸데없는 말뿐이라면 무시하고 그냥 넘어가도 되지만, 상대방이 자꾸 쉬운 사람 취급을 하며 지속적으로 무례를 범하는 경우에는 참지 말고 맞는 말로 상대해야 한다. 굳이 감정적으로 대처하며 언성을 높이기보다도, 차분한 어조로 정확한 말로 반박하고 상대방의 터무니없는 말을 논리적으로 깨뜨려야 한다.

이때 상대방이 먼저 선을 넘었고, 예의를 지키지 않았다는 것을 명확히 인식시켜야 한다. 화를 내지 않고 차분한 어조로 반박하는 것은 오히려 화를 내는 것보다도 무섭게 느껴진다. 의도적으로 침착하고 냉정하게 행동하면 상황은 점점 유리해진다. 맞는 말로 조목조목 반박하는 것은 단순한 말싸움이 아니라, 진짜 힘을 보여주어 상대의 무례함을 누르는 합리적인 방법이다.

네 번째

갈등을 피하려고 애쓰지 마라.

많은 사람들이 인간관계에서는 어떠한 갈등이든 그저 무시하는 것이 좋은 대처법이라는 말을 많이 한다. 물론 갈등을 만들지 않는 것이 현명한 행동이다. 하지만 언제나 갈등을 무시하는 것이 최선이라고 말할 수는 없다. 어떤 사람은 이를 악용해 선을 넘기 때문이다.

갈등을 피하기만 하면 상대가 나를 무시할 수도 있다. 상대방의 불합리한 태도를 무시하면, 상대는 자신을 무서워하는 것으로 오해할 수 있다. 그러면 그 사람의 도발 수위는 점점 높아질 것이다. 이런 상황에서는 반드시 대응해야 한다. 때로는 필요한 갈등도 있다는 사실을 명심하라.

갈등이 생기면 자신의 입장을 분명히 밝히는 것이 중요하다. 그래야 오해 없이 서로의 진심을 확인할 수 있다. 지나치게 저자세로 나가지 말고, 자기주장을 명확히 해야 한다. 정당하고 바른 태도로 자신의 주장을 밝히면 된다. 상대가 계속 선을 넘으려 한다면, 그 사람과 멀어지는 것이 좋다. 모든 인간관계는 상호작용이기 때문에 일방적인 노력으로는 해결되지 않는다. 상대방의 의견에만 맞추지 말고, 자신의 의견도 솔직하게 내야 함을 명심하라.

다섯 번째

생각나는 대로 아무 말이나 뱉지 마라.

인간관계에서 유난히 쉬워 보이고, 자주 무시당하는 사람들은 생각 없이 말을 뱉는 경향이 있다. 이들은 자신이 무슨 말을 하는지 생각하지 않고, 그냥 입에서 나오는 대로 그저 말한다. 이런 행동은 사람을 가볍게 보이게 하고 한심해 보이게 만든다.

계속 이런 식으로 말하면, 많은 사람들은 무시하고 쉽게 보게 된다.

의사소통은 인간관계에서 매우 중요하다. 사람이 어떤 말을 하고, 어떻게 말하느냐에 따라 이미지가 결정된다. 말을 아무 생각 없이 뱉는 사람의 이미지는 좋을 수가 없다. 상황에 맞지도 않고 예의에도 어긋나는 이런 행동을 반드시 삼가라.

이런 사람들은 자신이 잘못했다는 사실을 잘 모른다. 상대방의 감정과는 상관없이 자신은 그런 의도가 없었다고 말한다. 무슨 말을 하는지 생각하지 않고 나오는 대로 말하는 사람은 상황에 맞게 대처하지 않고, 자기 하고 싶은 말부터 한다. 그래서 이들은 이기적이고, 상대의 의견은 뒷전이며, 자신의 의견만 중요하게 여긴다.

결국, 이런 사람들과 대화를 나눠본 사람들은 진절머리가 난다고 한다. 절대 입에서 나온다고 그냥 아무 말이나 뱉지 마라.

여섯 번째

스스로를 무시하지 마라.

자기 자신의 가치를 스스로 낮게 보면 다른 사람도 나를 낮춰보게 된다. 다른 사람들이 나를 쉽게 본다면 자기 자신을 지나치게 낮게 생각한 게 아닌지 점검해 봐라. 겸손은 미덕이라 하지만 그렇다고 해서 자신을 낮추는 행동은 분명 잘못된 것이다. 자기 자신을 가치 없게 생각하고 대하는데, 다른 사람들이 무시하는 것은 당연하다.

자신의 가치를 낮게 판단한다면 결국 자신감 없는 태도로 삶을 살아가게 된다. 남들 앞에서 겸손한 태도와 자신을 믿지 못해 자신 없는 태도는 완전히 다르다는 것을 명심하라.

일곱 번째

은근한 웃음을 지어라.

웃음은 인간의 자연스러운 표현이다. 웃음은 인간관계에서 많이 등장한다. 하지만 모든 웃음이 같은 의미를 가지는 것은 아니다. 싱글벙글 웃는 것은 가볍고 쉬워 보이는 이미지를 만든다. 반면, 은근한 미소는 여유와 자신감을 보여준다. 이런 미소는 무게감을 준다.

은근하게 웃는 것은 상대방으로 하여금 함부로 파악하지 못하게 하고, 상황을 주도하는 느낌을 준다. 게다가 이런 웃음은 상대방

3. 나를 지켜 줄 처세술

의 호기심을 자극하고, 자신의 매력을 더 돋보이게 한다. 웃는 방식
을 고르는 것만으로도 쉬운 사람으로 보일지, 어려운 사람으로 보
일지 얼마든지 조절할 수 있다.

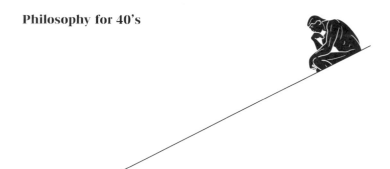

인간관계에서
함부로 들추면 안 되는 5가지

그리스 신화의 시시포스는 강의 신 아소포스에게 샘물을 내달라는 조건으로 제우스의 잘못을 발설해버린다. 이 때문에 제우스는 화가 나서 시시포스를 죽이기 위해 죽음의 신 타나토스를 보낸다. 시시포스는 어떻게든 살아남았지만 결국 수명이 다해 사망하게 된다. 생전에 제우스의 잘못을 발설한 것 이외에도 여러 신들을 농락하여 분노를 샀던 시시포스는 결국 사후에 무거운 바위를 산 정상으로 올리는 영원한 형벌에 처해지게 된다. 이 사례는 남의 잘못이나 비밀을 함부로 들추면 안 되는 이유를 보여준다.

첫 번째

다른 사람의 잘못을 들추지 말라.

누군가 잘못을 지적했을 때 기분이 좋은 사람은 쉽게 찾아볼 수 없을 것이다.

과장해서 말하면 이 세상 어디에도 없다고 말할 수 있을 정도다. 그렇기에 우리는 타인의 잘못을 절대 지적해서는 안 된다. 사람들은 종종 자신의 실수는 별거 아닌 인간의 당연한 행위로 여기면서 남의 실수에는 과도한 관심을 갖고 비난하기도 한다. 일부는 타인의 잘못을 가지고 자신이 더 낫다는 위안거리로 삼거나 자신의 결함을 감추려고 할 때 타인의 잘못을 이용한다.

하지만 실제로 그 잘못이 어땠는지 사실관계조차 자세히 확인하지 않고, 다른 사람의 이야기만 듣고 그것을 사실로 받아들이고 비난하는 무책임한 행위가 많다. 어떠한 경우에도 타인을 부당하게 대하면 결과적으로 본인에게 해가 되며, 이는 실질적으로 인간관계를 해친다. 설령 타인의 잘못이 사실이라 할지라도 진실을 말함으로써 관계에 금이 갈 수 있다.

진실을 말하는 것이 신뢰를 위해 필요한 경우도 있지만, 인간관계에서는 부정적인 결과를 초래할 수 있는 상황이 대다수다. 특히, 타인으로부터 잘못을 지적당한 사람은 대부분 자존심에 상처를 입고, 화가 나기에 높은 확률로 상황이 악화될 수 있다. 잘못을 지적하는 행위는 적절한 시기와 장소에서 이루어져야 하며, 그렇지 않은 경우 상대방에게 원수가 될 수 있고, 나에게 좋을 게 하나도 없음을 명심하라.

두 번째

비밀은 딱 한 번만 듣고, 다시는 꺼내지 말라.

누군가에게 비밀을 들으면 그것을 마음 깊이 묻어두어야 한다. 비밀을 공유하게 됐다는 것은 상대방의 신뢰를 받았다는 의미이기 때문이다. 그 신뢰를 저버리지 않기 위해서라도 들은 비밀은 다시 입 밖에 내지 않는 것이 중요하다. 비밀을 공유함으로써 혹시 모를 약점이나 취약점을 상대방에게 드러내는 행위는 신뢰를 바탕으로 한 관계에서 매우 민감한 문제가 된다. 친한 사이라 해도, 대화 도중 상대방이 비밀로 하고 싶은 것을 가볍게 언급하는 것은 상대방을 크게 실망시킬 수 있다.

비밀을 쉽게 발설하는 행동은 우정과 신뢰를 훼손할 뿐만 아니라 갈등의 원인이 되기도 한다. 상대방이 조언을 구하지 않았다면 비밀을 다시 언급할 필요는 없다는 점을 명심해야 한다. 때론 "이거 너만 알고 있어"라는 말로 시작되는 대화가 결국은 모두가 아는 '비밀'이 되어버리는 상황이 되는 경우가 많다.

세 번째

상대의 부족함을 들추지 마라.

인간관계에서 상대방의 부족함을 거론하는 것은 생각보다 자주 일어나는 일이다. 가장 많이 부족함을 들추는 순간은 다툼이 일어날 때이다. 가정에서의 다툼이나 책임을 물을 때 같이, 상대를 비난하는 상황에서 주로 나타난다. 부족한 점에 대한 이야기를 할 때는 상대방을 어떻게든 낮추려 하며, 그 사람을 밑으로 찍어 누르려고 한다. 그렇기에 누군가의 부족함을 지적할 때, 그것을 긍정적으로 받아들이는 사람은 드물다. 잘못이 있어 책임을 져야 할 때조차, 같은 얘기를 반복하면 상황은 악화된다. 계속해서 부족함을 지적하면 상대의 방어기제만 생겨나며 관계에 금이 갈 수 있다.

실제로, 상대의 부족함을 지적하는 것이 크게 도움이 되지 않는 경우가 많기에 결국에는 문제만 더 복잡하게 만들 수 있다. 상대방의 부족함을 드러내는 것은 대부분의 경우 잔소리로 여겨질 뿐이며, 서로를 비난하는 나락으로 빠지게 만든다. 상대방이 잘못했다는 생각에 집중하다 보면, 상황을 개선하기보다는 문제를 더욱 확실히 할 뿐이다.

네 번째

정치적 견해를 들추지 마라.

사람의 의견은 일치하기가 어렵다. 그 중에서도 정치적인 견해에 완벽한 동의를 기대하는 것은 불가능한 일이다. 같은 정당을 지지한다 해도 내부에서 생각의 차이는 발생할 수 있으며, 이는 정치적 견해의 다양성을 반영한다. 그렇기에 우리는 상대방의 정치적 신념을 들추는 것이 결코 좋은 결과를 낳지 않으며, 오히려 분쟁의 소지만을 증가시킨다는 점을 인지해야 한다. 복잡하고 민감한 정치적 신념이나 상대방의 의견을 경솔하게 파헤치려 들지 않는 것이 바람직하다. 인간 관계에 있어서 서로의 의견 차이를 인정하고 이해하며 맞춰나가는 것은 중요하다. 정치적 견해가 다르다는 이유로 관계가 틀어지는 일은 없어야 한다.

인간관계에서 다툼이 없으려면 감정을 자극하는 주제를 피해 대화를 나누고, 서로의 차이를 존중하는 태도를 가져야 한다. 사람들은 다양한 배경과 경험을 가지며 삶을 살아간다. 이러한 다양성은 서로를 더 잘 이해하고, 더 넓은 시야를 가지게 해주는 기회가 될 수 있다. 대화를 통해서만이 서로의 견해와 생각을 넓히고, 서로의 차이를 넘어설 수 있는 다리를 놓을 수 있다. 하지만 정치 얘기는 서로 존중하는 것이 매우 어렵고 불가능에 가깝기에, 차라리 하지 않는 것이 옳다.

다섯 번째
과거의 실수를 들추지 마라.
사람이라면 누구나 실수를 하기 마련이다. 실수 없이 살아가는 사람은 이 세상 어디에도 존재하지 않는다. 실수를 하지 않는다는 것은 아무것도 시도하지 않는다는 뜻과 같다. 우리가 사람의 가치를 평가할 때는 과거가 아닌 현재의 모습을 보아야 한다는 점은 누구나 공감할 것이다.

그렇기에 과거의 실수를 다시 꺼내 비난하고 이를 근거로 그 사람의 현재를 폄하하는 것은 올바른 태도가 아니다. 이는 누구에게도 도움이 되지 않으며, 상대방에게 상처를 줄 뿐이다.

뒤돌아본다면, 모든 사람이 과거에 실수를 저질렀더라도 그 이후로 그 실수를 뉘우치고, 다시 배워 나갈 기회를 가질 권리가 있다. 한 사람의 과거 행동을 들추어 현재의 가치를 평가하는 것은 결코 옳지 않고 해서는 안 되는 일이다. 오히려, 그 사람이 실수를 통해 어떻게 성장했는지, 지금은 어떤 사람이 되었는지에 초점을 맞춰야 한다.

과거의 실수에 대한 비난 대신 어떻게 그 경험을 통해 배울 수 있었는지, 그리고 앞으로 어떻게 더 나은 선택을 할 수 있을지에 대해 집중하는 것이 더욱 필요하다.

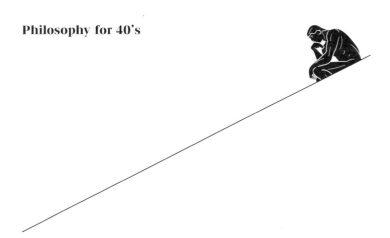

말을 최소한으로 해야 하는
3가지 이유

"인민의, 인민에 의한, 인민을 위한 정부는 이 땅에서 사라지지 않을 것이다." 미국의 16대 대통령인 에이브러햄 링컨의 게티즈버그 연설은 불과 272단어, 3분가량의 짧은 연설이었지만 미국 역사상 가장 위대한 연설로 평가받는다. 그가 분열된 국민들을 하나로 묶기 위해 한 이 짧은 연설은 오히려 짧고 간결하기에 지금도 가장 강력하고 기억에 남는 연설로 평가받게 됐다. 이 사례는 말을 최소한으로 해야 하는 이유를 가장 잘 보여주는 사례이다. 말을 많이 하면 어떤 일이 벌어질까?

첫 번째

말의 가치가 희석된다.

말이라는 것은 많이 하면 할수록 평범해지고 가치가 사라진다.

특히 말로 사람들에게 인상을 주려고 할 때 더욱 그렇다. 진부한 이야기를 할 때조차도 여지를 남긴다면 더욱 매력적으로 보인다. 현명한 사람들은 말을 아끼며 좋은 인상과 명성을 남긴다. 말을 많이 하면 후회할 말을 할 가능성도 커지기에 말은 적은 것이 좋다. 게다가 말을 적게 하면 더 똑똑하고 지혜로운 사람으로 보이는 장점도 있다. 사람은 말에 담긴 의도를 해석하는 것을 좋아한다. 그렇기에 침묵하면 사람들은 궁금해하게 된다. 무엇을 말하고 무엇을 말하지 않을지 적절하게 이용한다면 상대는 당신의 의도를 알기 위해 당신에게 더 관심을 가질 수밖에 없다. 침묵을 깨기 위해 더 많은 말을 먼저 꺼내게 되며 결국 약점을 드러낸다. 상대는 당신과 헤어진 뒤 뭔가 빼앗긴 기분이 들고, 집에 돌아가서 당신의 말을 곱씹어보다가 결국 당신을 매력적인 사람으로 느끼게 될 것이다. 이처럼 말을 적게 하는 것은 쉽지만 매우 효과적인 인간관계의 기술임을 명심하라.

두 번째

말이 많으면 부정적인 말이 튀어나오게 된다.

말은 사람을 죽이기도 하고 살리기도 한다. 창이나 칼로 사람을 다치게 할 수 있지만, 말의 상처는 더 깊다. 칼에 베인 상처는 시간이 지나면 낫지만, 말로 입은 상처는 평생 남는다. 그래서 말을 할 때는 매우 신중해야 한다. 말은 우리의 인격을 드러내는 중요한 요소다. 말과 삶의 품격은 함께 간다. 좋은 말은 우리의 인격을 높이고, 나쁜 말은 우리의 품격을 떨어뜨린다. 사람들은 말솜씨 좋은 사람을 부러워하지만, 결국 마음이 따뜻한 사람을 가까이 두고 싶어한다. 따뜻한 미소와 함께 부드러운 말을 사용하는 것이 얼마나 중요한지 모두가 알지만, 실천하기는 어렵다. 내가 의도하지 않았어도 부정적인 말이 갑작스레 튀어나오기도 하고, 그로 인해 인간관계에서 곤란해질 때가 수도 없이 많다. 평소에 이 말 저 말 아무 말이나 뱉기보다는 중요한 말 위주로 말을 너무 많이 하지 않는다면, 이렇게 부정적인 말이 튀어나오는 실수를 줄일 수 있다.

세 번째
말 때문에 후회할 일이 생기게 된다.

말을 최소한으로 하면 후회할 일이 생기지 않는다.

누군가와 대화하면서 말을 할지 말지 고민이 될 때가 있다. 이럴 때는 보통 말을 하지 않는 것이 좋다는 것은 경험적으로 모두가 공감한다. 하지만 많은 사람들이 대화하는 그 순간에는 습관적으로 말을 많이 하다가 말하면 안 되는 말까지 뱉고 나중에 후회한다. 대부분 이런 상황에서 말을 해서 후회한 적은 많아도, 잘 된 경우는 드물다. 그래서 말할지 말지 고민된다면 침묵하는 것이 좋다. 만일 지금 말을 할지 말지 고민이 되고, 올바른 판단이 되지 않는다면 반드시 조심하라. 지금 당장 나오는 말을 삼키고, 우선 침묵부터 하라. 그리고 침묵을 지키며 잠시 생각할 시간을 갖는다면 더 나은 방식으로 말할 수 있다. 말을 적게 하는 것은 후회할 일을 줄이는 효과적인 방법이다.

마흔에 읽는 철학

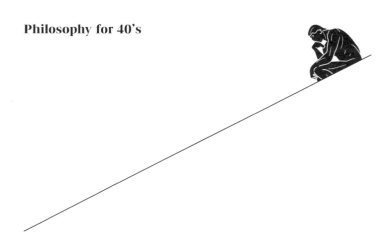

입을 함부로 놀리면 안 되는
5가지 상황

마르쿠스 툴리우스 키케로는 로마의 유
명한 변호사이자 정치가로서 뛰어난 말솜씨와 논리로 잘 알려져
있던 인물이다. 그의 정치적 신념은 공화정을 지지하는 것이었고,
당시의 키케로는 "조국의 아버지"라는 칭호를 받을 정도로 정치적
으로도, 대중적으로도 큰 명성을 얻었다. 키케로는 자신의 위상과
말솜씨를 너무 믿었는지 해서는 안 될 말을 하게 된다. 카이사르가
권력을 잡은 제정 시대에 안토니우스가 힘을 키우는 것을 보고 있
던 키케로는 "안토니우스는 카이사르를 따라 하고 있다"고 비난했
다. 이로 인해 안토니우스는 키케로에게 깊은 원한을 품게 되었다.

나중에 카이사르가 공화정을 지지하는 사람들에게 암살당하자, 안토니우스는 이 기회를 이용해 키케로를 찾아내어 잔인하게 죽였다. 심지어 키케로가 죽은 후 그의 손이 잘려 로마 시내 중심에 걸리기까지 했다. 이 이야기는 말로 인해 일어날 수 있는 가장 끔찍한 결과를 보여준다.

첫 번째
비밀을 기억하지 마라.

비밀을 들었다면 그 순간 잊어라. 예나 지금이나 입과 혀를 함부로 놀리는 것은 자기 자신을 다치게 만든다. 말을 잘못하면 칼에 베이는 것보다 더 고통스러울 수 있다. 새장을 벗어난 새는 다시 잡을 수 있지만, 입에서 나온 말은 다시 되돌릴 수 없다는 유태인의 격언이 있다. 비밀을 지키는 것은 현명한 사람에게도 매우 어려운 일이다. 비밀은 돈처럼 꼭 붙잡아 두려 해도, 잠깐 방심하는 사이에 새어 나가 버린다. 그래서 우리는 말을 낭비하지 말고, 귀중한 돈이나 보물처럼 신중히 다뤄야 한다. 말을 아무 때나 쉽게 꺼내서는 안 된다. 특히 비밀은 돈보다 더 위험하기 때문에, 비밀을 다룰 때는 목숨처럼 소중히 생각해야 한다. 비밀을 들었으면 항상 듣자마자 잊어버려라. 비밀을 발설하면 그것은 언젠가 나에게 해가 될 뿐, 결코 이득이 되지 않는다.

두 번째

비교하지 마라.

남과 비교하는 말은 꺼내지도 말고, 얘기에 끼어서도 안 된다. 사람을 가장 비참하게 만드는 일은 남과 비교당하는 것이다. 이런 비교는 직접적인 비난보다 더 큰 상처를 줄 수 있다. 친구들 사이에서도 비교는 피해야 하지만, 가족 구성원끼리의 비교는 더욱 좋지 않다. 비교는 누구에게나 상처를 주고, 때로는 복수심을 불러일으킬 수 있다. 비교당하는 것은 사람을 힘들게 하고 무력감을 느끼게 하며, 발전 가능성을 억누르는 해서는 안 될 행위이다.

우리의 인생은 각자 다른 여정이다. 우리는 모두 각기 다른 경험과 능력을 가지고 있다. 이러한 다양성은 인간 사회를 아름답게 만들고, 잘 유지되게 하는 축복과도 같다. 만약 모두가 한 가지 일만 잘한다면, 세상은 제대로 돌아가지 않을 것이다. 서로의 장점과 단점은 달라야 정상이다. 따라서 남과의 비교는 공정하지 않으며, 개인의 능력과 가치를 정확히 측정할 수 없다.

비교해야 할 것은 어제의 나와 오늘의 나를 비교하는 것이다. 다른 사람들과 비교하는 것은 의미가 없다. 만약 누군가 나를 비교하더라도, 자신을 인정하고 자랑스러워하며 다른 사람들과의 비교에 휘둘리지 말아야 한다. 사람은 자신의 장점과 발전 가능성에 집중하라. 비교의 함정에 빠지지 않기 위해서는 주변 사람들을 경쟁 상대로 보지 말고 함께 갈 파트너, 선의의 경쟁자로 생각하고 나

3. 나를 지켜 줄 처세술

아가라.

세 번째
뒤에서 남을 비방하지 마라.

남을 비방하는 상황, 흔히 뒷담화라고 하는 이런 상황에는 무슨 일이 있어도 동참하지 않아야 한다. 앞에서 당하는 것보다, 뒤에서 당하는 상황이 더욱 기분 나쁘다. 뒤에서 상대방을 무시하거나 모욕하는 말은 사람 사이의 관게를 망치게 만든다. 우리는 서로 도우며 살아가는 사회적 동물이다. 즉 다른 사람과 관계가 무너질 수도 있는 뒷담화를 하는 것은 매우 민감하고 생존에도 직결되는 문제다. 그래서 그 상대방이 설령 가족일지라도 말을 조심해야 한다. 잘못된 말 한마디가 상대방에게 큰 상처를 주고, 상대방의 자존감을 깎아내린다.

누군가 비방한다면 거리를 두고 무시하라. 비방하는 사람은 대체적으로 자존감이 낮기 때문에, 남을 비방하며 자신의 자존감을 올리려고 하는 사람들이다. 뒤에서 남을 흉보는 사람들 치고 좋은 사람은 하나도 없다.

네 번째
가족 흉 보지 마라.

가족의 흉을 보는 사람은 반드시 피해야 한다. 내가 그런 사람이라면 당장 고쳐야 한다. 말은 가볍게 나가지만, 그 영향은 매우 크다. 특히, 가족에 대한 나쁜 말을 하는 것은 매우 나쁜 행동이다. 사람은 누구나 사연이 있다. 부모, 형제, 자식 모두 각자의 이야기가 있고 비밀이 있다. 그래서 내 자식이라도 비밀을 캐거나, 무슨 일이 있었는지 추궁하는 것은 옳지 않다. 현명한 사람은 가족이라도 서로의 사생활을 존중한다. 하지만 어리석은 사람은 가족의 문제를 남에게 떠벌리며 같이 욕을 해달라는 식으로 대한다.

가족의 안 좋은 이야기를 남에게 하는 것은 잠깐 기분이 나아질 수 있지만, 결국 나를 더 비참하게 만든다는 사실을 명심해야 한다. 가족을 욕하는 것은 결국 내 얼굴에 침을 뱉는 행동이다. 스스로 조금 더 잘 행동했다면 가족과의 갈등도 없었을 것이고, 자신의 선택이기에 남의 탓을 할 수도 없다. 결국, 모든 것은 내 책임이다. 그러니 남에게 가족 흉을 보지 말고, 지금이라도 가족에게 더 잘해줘라. 가족은 서로 의지하고 따뜻함을 주고받는 사이이다.

만약 주변에 가족의 흉을 보는 사람이 있다면 반드시 거리를 두어야 한다. 가장 가까운 가족도 욕하는 사람이 다른 사람을 얼마나 욕할지는 쉽게 짐작할 수 있다. 언제 돌아설지 모르는 그런 사람과 거리를 두는 것이 현명한 사람의 행동이다.

다섯 번째

신념을 강요하지 마라.

이 세상 모든 사람들은 각자만의 믿음과 철학을 가지고 있다. 이 믿음과 철학은 사람마다 모두 다르다. 내가 옳다고 생각하는 것이 다른 사람에게는 이해되지 않을 수 있고, 이상해 보일 수도 있다. 그렇기에 신념이라는 것은 스스로 갖고 있으면 그만일 뿐, 다른 사람에게 강요할 것이 아니다. 신념은 그 사람만의 것이므로 존중해줘야 한다. 자신과 비슷한 생각을 가신 사람을 만나면 서로 대화를 나누며 좋은 점을 얻을 수 있다. 하지만 여기서도 주의할 점이 있다. 아무리 잘 맞는 사람이라도 그저 대화만 하고, 결코 강연은 하지 말아야 한다. 특히 그 중에서도 정치 얘기는 피해야 한다. 같은 정치적 신념을 가지고 있더라도 서로 다른 당파와 목표가 있어 싸움으로 번질 수 있기 때문이다. 아무리 가까운 사람이라도 신념과 철학은 강요해서는 안 된다. 자신의 의견만 고집하고 강요한다면 인간관계에서 다툼이 끊이지 않게 되고, 결국 이로울 것이 하나도 없음을 명심하고 주의하라.

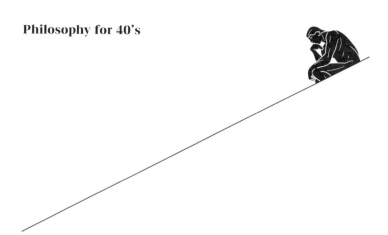

속 마음을 감추고
쉽게 드러내면 안 되는 5가지 이유

마르쿠스 안토니우스는 고대 로마의 권력자였다. 그는 자신의 최대 경쟁자였던 옥타비아누스와 상대적인 전력 면에서도 큰 차이를 보였는데, 클레오파트라에 대한 자신의 사랑을 공개적으로 드러내게 되었다. 안토니우스는 클레오파트라와 결혼 후, 클레오파트라와 자신이 낳은 아이에게 동방과 이탈리아, 서방의 통치권을 물려주겠다고 선언했다. 이는 즉 클레오파트라의 아이들에게 로마를 지배하게 하겠다는 뜻이었고, 결국 로마의 시민들을 분노케 만들었다.

게다가 로마의 시민이었던 안토니우스가 유언장에 적은 내용은 로마가 아니라 이집트의 알렉산드리아에 묻어달라는 것이었고, 경쟁자였던 옥타비아누스가 이 사실을 폭로하자 안토니우스는 나라를 팔아먹은 매국노 취급을 받게 되었다. 결국 옥타비아누스는 이러한 행동들을 명분으로 삼아 안토니우스를 국가의 적으로 선포하고 만다. 속마음을 함부로 드러낸 어리석은 행동으로 로마 내에서의 자신의 위치와 영향력을 약화시켰고, 결국 안토니우스는 정치적으로 몰락하고 사망에 이르게 된다.

이 사례는 개인적인 속마음을 너무 공개적으로 드러내는 것이 어떻게 파멸로 이어질 수 있는지를 보여주는 좋은 예이다. 게다가 속마음을 감추고 쉽게 드러내지 않는다면 이로울 것이 많다.

첫 번째

옳은 말도 불쾌한 경우가 대부분이다.

인간관계에서는 아무리 객관적이고, 사실에 가까운 말을 하더라도, 듣는 사람에게는 불쾌감을 줄 수 있다. 타인이 옳은 말로 충고할 때, 그 말이 맞는 것을 알아도 불쾌함을 느끼는 순간이 있다. 항상 모든 말을 다 내뱉는 것이 상대에 대한 예의라 할 수 없다. 옳은 말을 할지라도, 상대를 배려하며 전하는 것이 중요하다. 속마음을 털어놓는다는 것은 겉보기에는 진심을 다해 말하는 것으로 보인다. 하지만 실제로는 말하는 사람만 속이 후련할 뿐, 듣는 사람은 불쾌한 경우가 대부분이다. 속마음을 드러낸다고 해서 진정한 친구가 되거나 정직한 사람이 되는 것은 아님을 명심하라.

두 번째

한번 밝힌 견해는 나중에 바꾸기가 어렵다.

인생을 살아가다 보면 사람들 앞에서 너무 확고하게 말한 나머지 나중에 그 말을 지키지 못해 곤란해지는 일이 생긴다. 여러 사람과 어울리다 보면 어려운 상황에 처하거나 피해를 입을 가능성이 있는데, 이를 피하기 어려운 경우도 있다. 세상에는 확실한 것이 거의 없기 때문에 그 순간에는 확신을 가지고 내 마음을 표현했더라도 나중에 잘못될 수 있다. 손해를 보지 않으려면 여지를 남겨두는 것이 필요하다. 젊을 때는 잘 모르지만 나이가 들면서 알게 되는 것이 있다. '절대'라는 말을 점점 조심해야 한다는 것이다. 인생은 길고 확실한 것은 없기에 '절대'라는 것은 거의 없고 매번 바뀌는 것을 알기 때문이다. 특히 그 원인은 다름 아닌 자기 자신인 경우가 많다. 나이가 들면 취향과 가치관이 변하고, 생각도 예전과는 다르게 바뀐다. 과거에 내가 밝혔던 주장이 언젠가 발목을 잡을 수도 있기에 속마음은 쉽게 드러내지 마라.

세 번째

속마음을 감추면 더 매력적으로 보인다.

속마음을 훤히 드러내는 사람은 편하게 대할 수 있지만 그 뿐이다. 마음 속에 있는 말을 지나치게 뱉으면 상대방은 호기심을 금방 잃고 관심을 끄게 된다.

현명한 사람들은 인간관계 속에서 속마음을 다 드러내지 않고, 말을 아끼는 방법으로 사람들을 끌어당긴다. 인간관계에서 "저 사람은 뭔가 모르게 있어 보여"라는 말을 듣는 사람이 이들이다. 이들은 굳이 많은 말을 하지 않음에도 좋은 인상과 이름을 남긴다.

말은 인간관계에서 큰 영향을 미친다. 실제로도 주변에서 말을 많이 하는 사람은 가벼워 보이지만, 말을 적게 하면 더 똑똑하고 지혜로운 사람처럼 보인다.

네 번째

속마음을 감추면 대화의 주도권을 쥘 수 있다.

사람들 앞에서 솔직하게 모든 것을 드러내면, 상대방에게 대화의 주도권이 넘어간다. 속마음을 쉽게 드러내면 교활한 사람에게 이용당하기 쉽다. 교활한 사람들은 상대의 비밀이나 계획을 알아내기 위해 일사불란하게 행동한다. 그들은 거짓말로 자신을 꾸미고 교활하게 말하여 정보를 캐낸다. 이들은 사람을 다루는 데 익숙해서 상대가 기뻐할 말을 하거나 일부러 감정을 드러낼 만한 말을 던져 속마음을 드러내게 만든다.

대부분의 사람들은 감정이 얼굴에 드러난다. 상대가 싫어하는 말을 하면 화를 내거나 표정이 굳어지고, 듣기 좋은 말을 하면 기뻐하는 태도를 보인다. 결국 말로 속마음을 드러내지 않더라도 표정을 숨기지 못해 속마음을 보여주는 셈이다. 교활한 사람은 이런 감정 변화를 통해 상대방에 대한 정보를 얻고, 언젠가 그 정보를 이용하려고 한다.

인간관계는 물론 직장생활이나 친구 관계에서도 내 권리를 지켜야 할 때를 제외하면 상대의 말에 너무 투명하게 감정을 드러내는 것은 손해를 볼 수 있다. 듣기 좋은 말을 하는 사람을 쉽게 믿는 경향이 있다. 나에게 잘해준다는 이유로 그 사람을 믿고 자신의 생각이나 계획을 여과 없이 말해버리는 실수를 저지르기도 한다.

또한, 오랫동안 누군가에게 속마음을 말하고 싶었지만 말할 사람이 없어서 참아왔던 사람도 있다. 이런 사람은 누군가가 자신에게 다가와 좋아해주면 감격해서 속마음을 그대로 쏟아낸다. 자신은 상대방을 신뢰한다고 생각하지만, 사실 그 사람이 준 신뢰는 없다. 그저 듣기 좋은 말을 해줬기 때문에 그 사람을 내 편이라고 착각하는 것에 불과하다. 증명된 것도 없이 그 사람의 말만 믿는 것은 사기꾼을 믿는 것과 다름없다.

아무리 친한 사이라도 다툼이 있을 수 있다. 듣기 좋은 말로 호감을 가진 사람과 갈등이 생길 때 상대가 내 속마음을 다른 사람에게 말할까 봐 걱정할 수 있다. 이럴 때 꼭 저지르고 나서야 '말하지 말 걸'이라는 후회가 생긴다. 속마음을 말하는 순간 주도권은 상대에게 넘어간다. 내가 할 수 있는 것은 상대와 멀어지지 않기를 바라고, 멀어지게 되면 상대방이 입을 열지 않기를 기도하는 것뿐이다.

좋은 사람이라면 걱정이 덜하겠지만, 교활한 사람이라면 그가 휘두르는 대로 휘둘릴 수밖에 없다. 믿을 만한 사람이 아닌 사람에게는 속마음을 말해서는 안 된다. 믿는 사람이라고 해도 굳이 속마음을 다 말할 필요는 없다. 어느 정도만 말해도 관계에는 문제가 없다.

다섯 번째
남에게 오해 사는 일을 방지할 수 있다.

속마음을 숨기는 것 만으로도 인간관계에서 남에게 오해 사는 일이 줄어든다. 우리가 살아가다 보면 많은 문제가 생긴다. 여러 문제 중에서도 내 의도와 상관없는 문제가 90% 이상을 차지한다.

대부분은 내 속마음을 남에게 훤히 드러냈다가, 나도 모르는 사이 남에게 오해를 산 경우다. 속마음을 드러낸다고 해서 얻을 것은 아무것도 없다. 아무리 사소한 일이라도 그들이 알면 나중에 불리한 상황이 생길 수 있다.

오랜 시간 인간관계를 유지하다 보면 이런 일은 반드시 일어난다. 뱉은 말이 비하의 의도가 아니었더라도 전해지면서 비하의 의미로 변할 수 있고, 감사를 표현했어도 예의 없는 사람으로 보일 수 있다. 이런 이유로 속마음을 쉽게 드러내기보다는 말을 아끼는 것이 좋다.

마흔에 읽는 철학

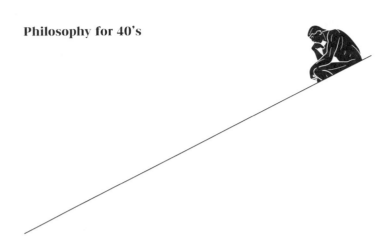

아무리 친해도
함부로 떠벌리면 안 되는 5가지 말

삼국지의 위연은 용맹한 무위를 가진 촉나라의 중요한 장수였다. 그는 촉의 장수 중에서도 빼어날 정도로 용맹했지만 지나치게 자신만만했고, 성품 역시 거만하고 남에게 뽐내기를 좋아했다. 제갈량이 살아있었을 때만 해도 위연은 제갈량의 눈치를 봤으나, 제갈량이 죽은 후에는 자신이 군권을 차지하려고 했고, 결국 반란을 일으킨다. 하지만 그의 모반은 결국 실패하게 된다.

제갈량은 이미 위연의 반란을 예상했고, 자신이 죽기 전 "위연이 반란을 일으키거든 열어보라"며 지령을 넣어 둔 주머니를 양의에게 넘겼다. 양의는 주머니를 열어보고 지령대로 위연에게 "누가 나를 죽이겠는가?"라고 세 번 말한다면 군권을 모두 넘겨주겠다고 말한다. 위연은 이에 코웃음치며 "누가 감히 나를 죽일 수 있겠나?" 라고 소리친다. 그 말이 끝나기 무섭게 제갈량에게 미리 비밀리에 명령을 받고, 위연의 부하인 척 했었던 마대가 "내가 있다"라고 말하며 위연의 목을 베어버렸다.

이 이야기는 자만하고 남에게 떠벌리는 것이 결국 자신에게 해가 된다는 것을 보여준다. 만일 위연이 자신의 용맹함을 과신하지 않고, "누가 감히 나를 죽일 수 있겠나?"라며 힘을 과시하고 자랑하지 않았다면 그의 운명은 달라졌을지도 모른다.

우리는 살아가면서 남에게 많은 것을 자랑하고 싶어한다. 대부분의 자랑은 큰 문제가 안 될 수 있지만, 아무리 친해도 이 5가지 자랑만큼은 피하는 것이 좋다.

첫 번째
돈 자랑 하지마라.

상대방이 누구인지, 어떤 상황인지도 상관없다. 그 어떤 때에도 돈 자랑은 하게 되면 손해다. 사람들은 누구나 본능적으로 자랑하는 것을 좋아한다.

수시로 아이 자랑, 남편 자랑, 아내 자랑 등을 한다. 이런 자랑은 너무 과하지 않으면 서로의 대화 주제로 적당하다. 서로의 자랑을 듣고 칭찬을 주고받으며 분위기가 좋아진다. 하지만 돈에 대한 자랑은 절대 하면 안 된다.

돈은 사람을 좌절하고 우울하게 만든다. 사람인 이상 어지간해서는 돈에 대한 걱정을 가지고 있다. 돈은 중요하지 않다고 말하는 사람들도 사실 돈에 대한 걱정이 있다. 우리가 살아가는데 돈은 필수 불가결이다. 실제로 많은 사람들의 고민을 살펴보면 대부분의 고민들은 돈이 있으면 해결된다. 그러므로 절대로 돈 자랑은 하지 말아야 한다. 듣는 사람은 기가 죽고, 돈을 자랑한 사람은 친구를 잃거나 자신의 돈을 잃을 수 있다.

우리 삶에서 사람을 상처 입히는 세 가지가 있다. 걱정, 말다툼, 텅 빈 지갑. 그 중에서도 텅 빈 지갑이 가장 큰 상처를 준다. 이런 이유로 돈 때문에 인간관계가 망가지고 자신을 망치는 사람들이 있다. 돈 빌려 달라는 것을 거절해서 친구와 사이가 나빠지거나, 돈을 빌려주고 받지 못해 친구를 잃는 경우가 있다. 또한 돈은 바닷물과 같아서 마시면 마실수록 더 목이 말라 돈에 집착하게 되고, 내 인생에 큰 악영향을 미침을 명심하라.

두 번째

약점을 말하지 마라.

말은 한 사람의 입에서 나오지만 듣는 사람은 계속 늘어난다.

다행스럽게도 남에게 약점을 얘기하는 사람은 별로 없겠지만 술김에, 감정이 약해져서 등의 이유로 약점을 얘기하는 사람들이 간혹 있다.

만약 굳이 약점을 얘기하고 싶다면 전부를 말하지 마라. 상대방에게 들려줘도 크게 무리 없는 약점이 있고, 반드시 감춰야만 할 약점이 있다. 어떻게 해야 할지 모를 때는 약점을 마음 속 깊숙한 곳에 숨기고 꺼내지 마라. 대부분의 경우 말해도 될지, 말하면 안 될지 고민될 때는 안 하는 것이 정답이다. 나의 치명적인 약점을 다른 사람에게 말하는 것은 그 사람에게 내 삶을 맡기는 것과 같기에 반드시 주의해야 한다.

세 번째
잘 나갔던 과거를 자랑하지 마라.

과거에 아무리 대단했더라도 과거를 자랑하지 마라. 사람은 누구나 자기 인생의 전성기가 있다. 소위 말하는 잘 나갔던 시절이 있기 마련이다. 대부분 사람들은 이런 과거를 자랑해 자신의 가치를 높이려 한다. 하지만 과거를 자랑하는 것은 오히려 자신의 가치를 낮추는 일이다. 과거를 자랑하는 사람들 대부분은 현재 자랑할 것이 없는 경우가 많다. 자랑을 듣고 있는 상대방도 "그렇게 잘났던 사람이 지금은 별거 없네" 라고 생각한다.

현재 삶에서 자랑할 것이 없고 오직 옛날 이야기만 있다면 사람은 초라해진다. 대단한 사람으로 보이려다 오히려 안타까운 사람으로 보일 뿐이다. 그러니 과거가 아무리 대단했어도 그 이야기는 마음속에 묻어둬라. 굳이 과거 얘기를 하려 거든 그 잘 나갔던 과거를 함께한 사람들과 나눠야 한다. 과거를 모르는 사람들에게 굳이 자랑할 필요는 없다. 진정으로 행복하고 가치 있는 삶은 과거가 아닌 현재에 있다. 우리는 지금 가지고 있는 것을 즐겨야 한다. 과거를 자랑하는 사람 치고 지금 행복한 사람은 드물다.

네 번째
목표를 아무에게나 떠벌리지 마라.

흔히 주변에서는 목표를 남에게 당당하게 밝히면 성공할 확률이 높아진다는 말을 한다.

이 말을 곧이곧대로 믿고 아무에게나 자신의 목표를 떠벌리는 것은 반드시 삼가라.

여기서 말하는 남은 나와 같은 목표를 가진 사람이다. 같은 목표를 가진 친구가 있다면 함께 나아가는데 있어서 서로 힘이 되어주며, 더 빨리 목표에 도달할 수 있게 된다.

하지만 대다수의 사람은 나와 목표가 다르다. 게다가 현실에 안주하기에 성장을 원치 않는 경우가 많다. 그래서 모든 사람에게 내 목표를 말하는 것은 나쁜 결과를 가져온다. 대부분의 사람들은 응원보다는 질투와 부정적인 반응을 보인다. "그건 해봤자야, 아무 소용없어" 같은 말로 남의 목표를 방해하는 사람들이 세상에는 무수히 많다.

그들은 자신보다 열심히 살고, 성공하는 사람이 많아지는 것을 원하지 않기 때문에, 더 나아지려는 당신 같은 사람을 기를 쓰고 방해하려고 한다.

주변에 나와 같은 목표를 공유하는 사람들이 없다면 혼자서 묵묵히 나아가라. 정 말하고 싶다면 목표를 다 이루고 얘기하라. 목표를 이루고 나서 다른 사람들에게 공개하면 그들은 부러워하고 당신을 존경할 것이다. 이미 성공한 사람을 끌어내리는 것보다 그 사람 주변에 있는 것이 이롭다는 것을 알기 때문이다.

하지만 만약 목표를 이루기 전에 공개한다면 그들은 당신의 성공을 기를 쓰고 방해한다. 목표를 이루기 위해 한 행동이 목표를 멀리한다는 사실을 명심하라.

주변에 성공한 사람들을 살펴보면 그리 많은 사람들과 어울리지 않는다. 그들은 홀로 자신의 일에 집중하거나 몇몇 사람들과만 지낸다. 그 이유는 자신과 같은 길을 가지 않는 사람들과 어울리는 것은 자신의 발전에 악영향을 미친다는 것을 잘 알고 있기 때문이다.

다섯 번째
남 탓하는 말은 반드시 삼가라.
많은 사람은 항상 무슨 일이 벌어지면 남의 탓을 한다.

"저 사람 때문에 안됐어", "쟤 말 믿지 말 걸" 같은 식이다.

하지만 이렇게 생각하는 것은 잘못됐다.

모든 결과는 내 선택에 의해 생기기에 내 탓이다.

상대방이 아무리 그럴싸한 조언을 했더라도 내가 선택하지 않았다면 일은 벌어지지 않는다.

게다가 대부분의 사람들은 남의 조언으로 잘된 일은 내 덕이고 못된 일은 남 탓을 한다.

더 심할 경우 사람뿐 아니라 환경까지 탓하는 경우도 있다. 지금의 자신은 과거부터 지금까지 한 선택들의 결과이다. 그러므로 지혜로운 사람은 모든 일을 자기 책임으로 돌리고 더 나은 의사결정을 위해 힘쓴다. 어리석은 사람은 그냥 단순히 남에게 책임을 넘긴다. 지혜로운 사람은 남 탓하지 않고 자신의 문제를 먼저 본다. 일이 생겼을 때 남을 탓할 필요가 없다. 자신이 선택했기에 자신의 무지함을 탓하고 다시 실수하지 않는 것에 힘써라.

남을 탓하는 가장 큰 이유는 무조건 자신이 맞다고 생각하기 때문이다. 자기 자신이 항상 정답이라는 생각은 교만한 생각이다.

이런 생각을 갖고 있다면 당장 버려라.

어떤 사람도 항상 맞고, 하는 말마다 옳을 수는 없다.

항상 자기 자신이 틀릴 수도 있다는 사실을 받아들여라.

남들의 의견이 나와 다르다고 해서 오답이라고 생각하지 마라.

이 세상에서는 스스로 다 안다고 자신하는 것만큼 오만한 일은 없다.

　잘 아는 사람일수록 어리숙한 티를 내는 데는 다 이유가 있다.

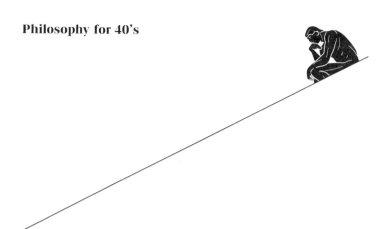

재능을 함부로 드러내면 안 되는
5가지 이유

삼국지, 위나라에는 양수라는 인물이 있었다. 양수는 매우 머리가 좋고 비상했다고 한다. 어느 날 조조가 화원을 꾸미라고 명령했고, 얼마 지나지 않아 화원이 완성됐다.

조조는 완성된 화원을 직접 보러 갔는데, 알 수 없는 표정을 하고, 아무 말없이 화원 문에 活(살 활)자만을 쓰고 돌아간다. 조조의 이런 행동을 아무도 이해를 못하고 어리둥절하고 있을 무렵 양수가 나타났다.

양수는 門(문)에다 活(활)자를 써 놓았으니 이것은 곧, 闊(넓을 활)자로 화원이 너무 넓어서 조조의 마음에 들지 않아 돌아간 것이라고 해석해준다. 양수의 말대로 화원을 조금 더 아담하게 만들자 조조는 다시 방문하였고, 이내 만족하며 어떻게 뜻을 알았냐고 묻는다. 사람들은 양수가 말해주었다고 대답한다. 조조는 그 말을 듣고 양수의 똑똑함을 인정하면서도 자신의 속마음을 읽은 양수의 행동을 조금 언짢아 한다. 이 사건 말고도 양수가 조조의 속마음을 알아채고, 자신의 똑똑함을 과시했던 적이 많기에, 조조는 양수의 능력은 인정했지만 행동들을 마음에 담아두게 된다.

그러던 중 시기 219년에, 한중에서 조조와 유비 사이에 치열한 싸움이 벌어졌다. 위나라가 우세할 것이라는 예상과는 다르게 전세는 점차 조조에게 불리하게 돌아갔다.

조조의 군대는 '한중을 포기해야 하나, 말아야 하나?'에 대한 진지한 고민에 빠졌다. 같은 시각, 저녁 식사로는 닭고기국이 차려졌다. 조조는 그의 사발에 담긴 닭갈비(계륵)를 보며 현재의 곤경을 생각하며 한숨을 쉬었다. 한중을 점령하려 해도 이 전쟁에서 얻을 이득이 그다지 크지 않아 보이고, 그렇다고 단념하고 유비에게 넘겨 주자니 상대방의 조소가 걱정되었다. 이때 하후돈이 조조에게 다가와 오늘의 암호가 무엇인지 물었다. 조조는 아무 생각 없이 '계륵으로 하라'고 말했다. 하후돈은 병사들에게 오늘의 암호가 계륵임을 전달했다. 하지만 모사 양수는 이 말을 듣고 조조가 원정을 중단하고 철수할 결심을 했다고 판단하여 자신의 병사들에게 미리 철수를 준비하도록 지시했다. 문제는 하후돈이 그 이유를 물었을 때, 양수가 자신이 해석한 조조의 의도를 하후돈에게 전달했고, 하후돈은 군단의 수장으로서 그 말을 받아들여 같은 행동을 취했다. 이에 따라 전 군대가 퇴각한다는 소문이 퍼지며 병사들 사이에 사기가 저하되고 혼란이 일어났다. 조조는 양수의 말 한 마디로 철수가 결정된 것을 알게 됐다. 평소에 정치적 문제를 일으키고 자신의 보고 체계를 무시하는 양수를 괘씸하게 여기고 분노했으며, 자신의 의도가 들통난 것에 대해 수치심을 느껴 '군의 사기를 떨어뜨린 죄'로 양수를 처형하고 만다.

이에 대해 제갈량은 "양수는 분명 남보다 빼어났다. 하지만 남보다 잘 아는 것을 입 안에 삼키고 있기란 더욱 어렵다. 양수가 조금만 더 지혜로웠다면 입을 열지도 않았을 것이고, 죽지도 않았을 것이다." 라고 평한다.

삼국지연의에 나오는 양수의 사례는 아무리 재능이 빼어날지라도 함부로 드러내서는 안 되는 이유를 확실하게 말해준다.

첫 번째
뛰어남을 감추고 평범한 척해야 적을 만들지 않는다.

뛰어난 재주를 가지고 있을지 언정 세상을 살아가는 데 있어서는 자신의 뛰어남을 드러내지 않고 평범하게 행동하는 것이 현명하다. 재능을 자랑하는 것은 대체로 이익이 없고 손해만 있다. 사람들은 겉으로는 다른 사람의 재능을 칭찬하지만, 속으로는 시기와 질투를 느낀다. 특히 같은 분야에서 경쟁하는 사람들은 증오와 원한을 품게 된다. 그렇기에 잘나면 잘날수록 자신의 뛰어남을 감추고, 다른 사람과 비슷하게 행동해야 한다. 잘났다고 해서 인정을 받기보다는 비난받고 이용당하기 쉬운 것이 세상의 이치다.

예를 들어, 학교에서 성적이 좋은 학생이 자신의 성적을 자랑하면, 다른 학생들은 겉으로는 부러워하고 칭찬하지만 속으로는 질투한다. 심한 경우에는 해코지를 해서 상대방의 성적에 악영향을 주려고도 한다. 따라서 자신의 뛰어남을 드러내기보다는 그저 겸손한 척 행동하는 것이 중요하다. 사람들은 본능적으로 자신보다 뛰어난 사람을 경계한다. 이는 사회에서의 생존 본능이기에 피하기 어려움을 알고 주의하라.

두 번째
질투와 시기의 대상이 된다.

인간관계에서는 자기 자신을 자랑하지 않는 것이 좋다. 인간관계에서 무심코 한 자랑이 상대방의 오해를 사거나 질투를 부를 수 있다. 상대방이 별 문제없이 넘어가면 다행이지만, 그렇지 않으면 인간관계에서 큰 약점으로 작용할 수 있다. 결국 그 결과에 대한 책임은 자랑한 본인이 져야 한다. 그러므로 말을 할 때는 신중하게 생각하고 조심해야 한다. 누군가가 띄워주고 장점을 칭찬해 준다면 반드시 감사의 마음을 표현하라. 칭찬을 받았다 하더라도, 거기서 더 나아가 과하게 자랑하지 않도록 주의해야 한다. 그저 겸손하게 감사의 마음을 전한다면 아무런 위험 부담 없이도 스스로를 높일 수 있다.

세 번째
사람들은 아는 척하는 것을 싫어한다.

누군가에게 충고하기 좋아하는 사람들이 있다.

그런데 그 충고는 아마 잘 전달되지 않았던 경험이 많을 것이다. 왜냐하면 묻지도 않았는데 충고를 하면, 아무리 좋은 충고라도 잔소리로 들린다. 상대방이 충고를 받아들일 준비가 되어 있지 않다면, 그저 시끄러운 소리로만 들릴 것이다. 따라서 충고를 할 때는 내가 얼마나 많이 아는지가 중요한 것이 아니다. 상대방이 그 말을 받아들일 준비가 되어 있는지를 먼저 알아야 한다. 사람들은 대부분 충고를 듣기 싫어한다. 충고를 하고 싶다면, 겸손하고 조용하게 해야 한다. 좋은 충고는 길을 잃은 사람에게 길을 알려주는 등대와 같다. 아무리 잘 아는 분야여도, 자랑하지 말고 필요한 부분만 조용히 알려주어라. 충고는 자신이 아는 것을 자랑하는 경연장이 아니다. 상대방의 입장을 먼저 생각하는 것이 1순위임을 기억하라. 충고를 받을 준비가 되어 있지 않은 사람에게 충고를 하면 오히려 반발심만 생길 수 있다. 항상 말을 할 때는 상대방의 입장을 먼저 생각해보고 말하라. 이것만 지켜도 인간관계에서 말 때문에 손해 볼 일은 결코 없다.

네 번째
기대치를 과도하게 높인다.

재능이 뛰어나다고 너무 자주 드러낸다면, 다른 사람들의 기대치를 한없이 높이게 된다. 그러면 상대방은 기대감만 높아지기에 당신은 그 기대를 채우기 위해 큰 부담을 느낄 수밖에 없다. 심지어 그 기대치에 미치지 못하면 사람들은 실망하게 된다. 남들보다 좋은 성과를 냈음에도, 상대방의 기대치를 채우지 못하면 실망만 안긴다.

재능을 가지고 있다는 것은 매우 특별하고 축복이나 마찬가지이다. 하지만 그 부작용으로 상대방의 기대치는 끝도 없이 높아지고, 결국 어느 순간 그 기대에 못 미치는 일이 일어난다. 한없이 높아진 기대치에 계속해서 맞춰줄 수 없다면, 재능을 함부로 드러내지 말고 남들에게 자랑하지 마라.

다섯 번째
지나치게 주목받는다.

목표를 이루기 위해서는 사람들의 눈에 띄는 것이 좋지 않다. 재능이 뛰어나면 자연스럽게 사람들의 관심을 받게 된다. 이런 지나친 관심은 오히려 목표를 방해할 수 있다. 많은 사람들이 이래라

저래라 하면서 방해를 한다면, 자신의 길을 잃을 수 있다. 그래서 목표를 달성하려면 재능을 숨기고, 주목받지 않는 것이 좋다. 재능을 감추는 것은 어떤 의미에서 자신을 보호하는 방법이다. 사람들은 보통 눈에 띄는 사람에게 조언을 하거나, 자신이 더 잘 알고 있다는 식으로 훈수를 두기 마련이다. 이런 상황에서는 자신의 생각과 계획을 지키기가 어려워진다. 또한, 재능을 숨기는 것은 다른 사람들의 시기와 질투를 피하는 방법이기도 하다. 일부 사람들은 종종 자신보다 뛰어난 사람을 보면 질투하고, 끌어내리려고 한다. 이런 일은 피하는 것이 무조건 이롭다. 아무리 뛰어나도 자신의 능력을 적절히 숨기고, 필요할 때만 드러내라. 재능을 숨기는 것은 목표를 이루는 데 매우 효과적이다. 남들이 알지 못하는 사이에 조용히 준비하고, 학습하며, 발전하라. 이렇게 하면 견제하는 경쟁자 없이도 자신만의 페이스로 목표를 향해 나아갈 수 있다.

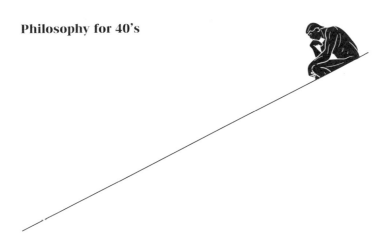

남에게 무시당하지 않으려면
지켜야 할 5가지

인간관계에서 스트레스를 받는 이유는 여러 가지가 있다. 이 중에서도 남에게 무시당하는 것은 꽤 큰 스트레스가 된다. 물론 무시하는 사람이 잘못됐다. 하지만 무시한 사람은 아무런 상처도 받지 않고, 상처받는 것은 무시당한 사람이다. 그렇기에 자기 자신을 지키기 위해서 인간관계에서 무시당하지 않는 법에 대해 알 필요성이 있다. 만일 지금 누군가가 당신을 무시하고 있다면 이 5가지를 지켜보는 것이 좋다.

첫 번째

미움 받지 않으려고 애쓰지 마라.

인간관계에서는 상대방에게 잘 보이려고 애쓰고, 그 사람을 기쁘게 하려고 노력할수록 오히려 그 사람과 멀어지는 느낌이 들 때가 있다. 왜 그럴까? 인간의 본성이 그렇기 때문이다. 누군가를 붙잡으려고 애쓰면, 그 사람은 점점 더 나를 가볍게 생각하게 된다. 처음엔 잘 대해주던 사람도 쉽게 나를 무시하게 된다. 인간관계에서는 미움받지 않으려고 너무 애쓰면 오히려 무시당하게 된다. 꼭 해야 할 말인데 상대방이 기분 나빠할까 봐 말하지 못하고, 내 권리를 주장하지 못하면 상대방은 나를 존중하지 않게 된다. 억지로 웃는 모습을 자주 보이면 상대방은 나를 쉬운 사람으로 보고 무시하게 된다. 인간의 본성은 원래 그렇다. 갖고 싶었던 물건도 손에 들어오면 금방 질리듯이, 사람도 마찬가지다.

남들에게 무시당하는 사람은 대개 자기주장이 없는 사람이다. 자기주장이 없는 사람은 인간관계에서 영향력이 별로 없다. 그 결과, 능력과는 상관없이 점점 중요하지 않은 사람이 되고, 무시당하게 된다. 사람에게 매달리며 관계를 유지하려고 하면 상대방은 자신이 권력을 쥐고 있다고 착각하게 된다. 물론, 이런 모습에 기뻐하는 사람은 성숙하지 못하고 인성이 좋지 않은 사람이다. 하지만 좋은 사람도 이런 모습을 보면 불편해한다. 항상 의존하고 맞춰주려는 모습은 상대방을 불편하게 만들고, 좋은 사람일수록 더욱 불편하게 만들기에 결국 멀어지게 된다.

그렇기 때문에 사람에게 집착하고 너무 매달리는 모습을 보이지 마라. 친하게 지내고 싶다면 동등한 인격체로 대하면 된다. 상대에게 목을 매고 놓치지 않으려고 애쓰는 것은 연애, 직장, 친구 관계 모두에서 최악의 행동이다. 다른 사람과 친해지고 싶어서 했던 그 행동이 오히려 관계를 멀어지게 만들고, 인간관계를 망칠 수 있다는 것을 기억하라.

두 번째

능력 있는 사람임을 보여라.

능력이 부족하면 다른 사람들이 무시할 수밖에 없다. 굳이 뛰어난 능력을 가질 필요는 없지만 적어도 자신이 맡은 일은 해결할 수 있어야 한다. 자신의 일도 제대로 하지 못해 다른 사람에게 피해를 주는 사람을 좋아하는 사람은 없다. 그러나 능력이 있음에도 불구하고 다른 사람들이 무시한다면, 자신의 가치가 평가절하당하고 있음을 의미한다. 이럴 때는 자신의 가치를 자연스럽게 드러내야 한다. 사람들에게 당신의 진짜 가치가 인식되면, 더 이상 뒤에서 험담하거나 무시하지 못하게 된다. 이때 중요한 것은 "나 잘났어"라는 태도로 자만하지 않는 것이다. 자신의 능력을 자연스럽게 드러내기만 하면 그 뿐이다. 과시하려는 태도는 오히려 반감을 산다.

세 번째

물러 터진 사람으로 보이지 마라.

인간관계에서는 자기 주관을 확실히 하고, 자신만의 규칙을 세워 남에게 휘둘리면 안 된다. 무시당하고 싶지 않다면 마냥 '물러 터진 사람'이 되는 것은 피해야 한다. 자기 생각을 숨기지 말고, 필요하다면 과감하게 말하라. 자신의 규칙을 지키는 것은 스스로를 지키는 방법이다. 인간관계에서 너무 물렁한 사람은 조롱, 장난의 대상이 되거나, 무시당하는 경우가 많다. 주관 있고 규칙을 정해 움직이는 사람들은 쉽게 무시당하지 않는다. 자기 생각을 솔직하게 말하는 것은 어렵지만 필요한 일이다. 싫은 소리일지라도 진심을 다해 말하면, 처음에는 갈등이 있을지라도 시간이 지나면 상대방도 당신의 진심을 알게 되고, 서로 존중하는 관계를 위해 노력하게 된다.

네 번째

자신감을 가져라.

자신의 능력과 장점을 파악하고, 그것을 바탕으로 행동하라. 자신을 믿는다는 것은 스스로에 대한 신뢰를 의미한다. 이는 단순히 자신을 과대평가하는 것이 아니라, 자신의 능력과 가능성을 열어주는 것이다. 스스로를 믿는 것은 어려운 상황에서도 흔들리지 않는 마음가짐을 가져다준다. 이는 타인과의 관계에서도 중요한 역할을 한다. 자신을 믿고 당당하게 행동하는 사람은 신뢰받고, 무시당하지 않는다. 자기 자신조차 믿지 못하고 주눅든 사람은 신뢰받지 못하고 무시당하기 쉽다. 둘 중 어느 쪽을 선택하는 것이 더 좋은지는 명백하다.

다섯 번째

남을 먼저 무시하지 마라.

모든 사람에게 함부로 대하는 사람은 인성이 못된 사람이다.

하지만 자신보다 상대적으로 약한 사람에게만 함부로 대하는 사람은 인간 이하이다. 이런 사람들의 행동은 주변 사람들까지도 부끄럽게 만든다. 이런 사람과 함께 어울리면 반드시 일이 벌어지고, 그 후에 있을 부끄러움은 주변 사람들의 몫이 된다.

종업원에게 반말을 하거나, 서비스에 만족하지 못한다고 큰 소리로 모욕을 준다. 하지만 정말 모욕감을 느끼는 건 그 사람의 옆에 있는 친구들이다. 결국 참아주던 친구들도 이런 행동을 하는 사람을 무시하고 사람 취급하지 않으려 한다. 자주 보던 친구들도 어느 순간 연락을 끊는다. 모든 것은 평소에 사람을 가려가며 무시한 자신의 잘못이기에 그 누구의 탓도 할 필요 없다. 남에게 무시당하지 않기 위해서는 먼저 다른 사람을 무시해서는 안 되고, 기본적인 존중을 지켜야 한다.

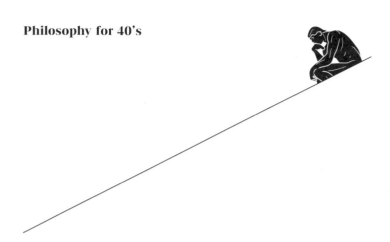

반드시 침묵해야 하는
6가지 상황

　　　　　　말 때문에 후회한 적이 있다면, 혹은 상
대방에게 말이 잘 전해지지 않고, 혼자만 얘기하는 것 같다면 아마
말을 너무 많이 해서일 것이다. 말을 하지 않는 것, 즉 침묵은 당신
의 말에 무게감을 주고, 후회할 일이 생기지 않게 해준다. 말이라는
것은 너무 많은 것 보다는 적당한 양을 조절해야 한다.

　하지만 말을 할 때와 하지 말아야 할 때, 해도 되는 말, 하면 안
되는 말을 매번 생각해가며 말하는 것도 쉬운 일이 아니다.

　반드시 침묵해야 하는 단 6가지 상황 정도만 조심해도 말로 후
회하는 일은 거의 없을 것이다.

첫 번째

진실인지 거짓인지 판단이 안될 때는 침묵하라.

진실인지 거짓인지 확실하게 판단이 서지 않는다면 침묵하는 것이 좋다. 그 상황을 정확히 알기 전까지는 말을 아껴야 한다. 사람들은 어떤 일이 일어났을 때 사실인지 아닌지 상관없이 자유롭게 추측하고 말하기도 한다. 하지만 이런 행동은 큰 문제가 될 수 있다. 사실 여부와 상관없이 아무렇게나 꺼낸 얘기는 소문이 되고, 이렇게 퍼뜨려진 소문은 언젠가 나에게 돌아오는 부메랑이 된다. 확인되지 않은 얘기는 가십일 뿐이다. 말은 한 번 내뱉으면 다시 주워 담을 수 없다.

두 번째

상대방이 말을 귀 기울여 듣지 않을 때는 침묵하라.

주변 사람들과 대화할 때 목소리를 높여서는 안 되는 순간이 있다. 그 순간은 상대방이 내 말을 소중히 여기지 않고 무시할 때이다. 이를 인정하는 것은 쉽지 않다. 사람은 누구나 자기 자신을 중요하게 생각하고, 자신의 말이 매우 중요하다고 생각한다. 그러나 아무리 좋은 조언이라도 상대방이 귀담아듣지 않는다면 굳이 애써가며 목소리를 높일 필요가 없다. 당신의 말을 소중히 여겨줄 사람은 많다. 상대방에게 "이렇게 좋은 말을 하면 고맙다 하겠지"라 기대했다가 실망한 적이 많을 것이다. 그러므로 기억해야 한다. '내

말을 소중히 여기지 않는 사람에게는 침묵이 최고의 대답이다.' 인간관계에서는 대부분 침묵하는 것이 이롭다. 침묵 또한 언어의 일종이다. 사람은 태어나 얼마 지나지 않아 말을 배우지만, 침묵을 배우는 데는 시간이 걸린다. 침묵도 언어이기에, 반드시 배우고 연습하라. 침묵만 익혀도 대화의 질은 더 높아진다.

세 번째
생각이 정리되지 않았을 때는 침묵하라.

인생을 살아가면서 목소리를 높여서는 안 될 때는 생각이 정리되지 않을 때이다. 그 원인은 피곤하거나, 다른 사람의 영향을 받거나, 화가 나거나 불안하거나 여러 가지가 있지만, 생각이 정리되지 않으면 판단력이 흐려진다. 판단력이 흐려졌다면 반드시 침묵하는 것이 좋다. 그렇지 않으면 후회할 일이 생긴다. 잠시 침묵하며 흐려진 판단력이 돌아올 때까지 시간을 가지면, 더 좋은 방식으로 말할 수 있다.

하지만 판단력이 흐려졌을 때 잘못 내뱉은 말 한마디는 많은 사람에게 상처를 줄 수 있다. 우리는 감정을 다스릴 줄 알아야 한다. 화가 나고 당황했더라도, 혹은 지금 제대로 된 판단이 안 된다 하더라도, 잠시만 침묵하면 된다. 이럴 땐 말을 하려 하면 할수록 더욱 상황은 안 좋아진다. 항상 누군가와 함께할 때 경계해야 할 것은 타인이 아니라, 내 입과 혀이다. 따라서 입과 혀를 항상 조심하라. 내가 직접 보지 않고 듣지 않은 것은 말하지 마라. 현명한 사람은 자신이 직접 본 것을 이야기하고, 어리석은 사람은 자신이 보지 않고 들은 것만 이야기한다. 무엇을 들을 것인지, 무엇을 볼 것인지는 내 마음대로 할 수 없지만, 무엇을 말할 것인지는 내 의지대로 할 수 있다.

네 번째
진실이더라도 상대방이 상처받을 것 같다면 침묵하라.

내가 하는 말이 다른 사람에게 도움이 될지라도, 그 말이 상처가 될 가능성이 더 높다면 침묵하는 것이 좋다. 진실을 말하는 것은 중요하지만, 그 진실이 상처를 줄 때가 많다. 정말 필요한 경우라면 얘기해야 하지만, 필요한 경우가 아니라면 굳이 얘기할 필요가 없다. 우리는 인간관계에서 진실을 말하는 것이 중요하다고 배웠다. 하지만 모든 진실을 다 말해야 하는 것은 아니다. 예를 들어, 돈이 없는 사람 앞에서 그 사람의 가난을 지적하거나, 병을 앓고 있는 사람 앞에서 그 병을 언급하는 것은 옳지 않다. 또한, 남편의 회사가 망한 부인에게 그 이야기를 꺼내는 것도 피해야 한다. 이런 얘기를 꺼내는 것은 위로가 아닌 조롱에 불과하기에, 이런 상황에서는 차라리 거짓말이 더 나을 수 있다.

다섯 번째

딱히 할 말이 없다면 침묵하라.

할 말이 없는데도 이 말 저 말 떠드는 사람들이 있다. 이런 사람들은 정말 필요하고 도움되는 말보다는 쓸데없는 말을 주로 한다. 플라톤은 이런 사람들을 보고 "현명한 사람은 말할 것이 있을 때 말하고, 어리석은 사람은 그저 말하기 위해 말한다"고 했다. 굳이 할 말이 없으면 억지로 말하지 말고, 침묵하라. 침묵하고 다른 사람의 말을 귀 기울여 잘 들어줘라. 사람에게 입이 하나, 귀가 두 개인 이유는 말보다는 듣기를 더 잘해야 하기 때문이다. 따라서 입보다 귀를 더 중요하게 생각하라. 역사적으로도 사람은 입을 너무 사용하여 망한 적은 많지만, 귀를 잘 사용해서 망한 적은 없다. 입은 나를 표현하는 도구이고, 귀는 다른 사람의 말을 듣는 도구이다. 동물에게도 입이 하나, 눈과 귀가 두 개인 이유는 주위를 잘 보고 소리를 잘 들어야 생존할 수 있기 때문이다. 잘 보고 잘 듣는 것은 인간관계에서 우리를 지켜줄 힘이 된다. 침묵은 거친 세상에서 나를 지켜주는 가장 강력한 무기이다.

여섯 번째

남의 비밀을 알았을 때는 침묵하라.

누군가의 비밀을 들었을 때, 대부분의 사람들은 그 비밀을 말하고 싶은 충동에 휩싸인다. 다른 사람은 모르는 비밀을 자신만 알고 있다는 사실은 우월감을 주고, 남들에게 말하고 싶게 만든다. 하지만, 남의 비밀을 알았을 때는 반드시 침묵해야 한다. 살아오면서 남의 비밀을 퍼뜨려서 이득을 본 경우를 본 적이 있는가? 아마 없을 것이다. 오히려 남의 비밀을 함부로 발설했다가 큰 손해를 본 사람들이 많다. 비밀을 말한다 해서 얻을 수 있는 것은 잠깐의 우월감과 일시적인 재미 정도일 것이다. 하지만 잃는 것은 당신의 모든 것일 수도 있다. 어느 쪽을 선택할지는 굳이 생각해보지 않아도 명백하다.

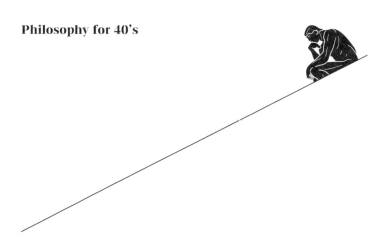

뒷담화 하는 사람을
현명하게 상대하는 5가지 지혜

뒤에서 뒷담화하는 사람, 이런 사람들은 정말 흔하게 볼 수 있다. 대부분 우리는 그 사람이 하는 뒷담화를 들어주는 입장이다. 하지만 그 사람이 당신 모르게 당신에 대한 뒷담화를 하고 있지는 않을까? 우리가 모르는 사이에 뒷담화를 즐기는 사람들은 어딘가에서 당신의 이야기를 하고 있을 수도 있다. 뒷담화는 단순한 남 얘기를 넘어 상대방에게 스트레스를 주고, 상대방을 인간관계에서 매장시킬 수도 있는 최악의 행동 중 하나다. 이런 사람들을 현명하게 상대하기 위한 5가지 방법이 있다.

첫 번째

주변 사람에게 더 친절하게 대하라.

누군가 당신을 뒷담화한다면, 그 사람에게 복수하고 싶은 마음이 생길 것이다. 하지만 정말 현명한 복수를 하고 싶다면 다른 사람들에게 더 친절하게 대하는 것이 좋다. 이렇게 하면 다른 사람들을 당신의 편으로 만들 수 있다. 뒷담화의 내용은 대부분 험담한 사람의 주관적인 의견일 뿐이다. 다른 사람들은 그 말에 완전히 동의하지 않고 긴가민가한 상태일 것이다. 이럴 때는 그 말을 들은 주변 다른 사람들에게 당신의 진짜 모습을 보여주는 것이 중요하다. 그들에게 다가갈 때는 불필요한 적대감이나 감정적인 반응을 피하고, 친절하되 당당한 태도로 대화를 나누는 것이 좋다. 여러 번 대화를 나누다 보면, 그들은 당신에 대한 편견을 버리고 진짜 모습을 알게 될 것이다. 험담한 사람에게 복수하는 대신, 다른 사람들에게 친절하게 대하는 것이 훨씬 더 효과적이다. 이런 태도는 험담한 사람의 의도에 휘둘리지 않는 당당함을 보여준다. 결국 험담이나 일삼는 못된 사람들도 당신을 함부로 대할 수 없다는 것을 깨닫게 된다.

두 번째

감정에 휩쓸려 행동하지 않는다.

누군가 뒤에서 험담하는 것을 알았다면 사람이라면 누구나 화가 치밀어 오를 것이다. 하지만 이런 상황에서 화를 내며 상대방에게 바로 반응하는 것은 현명한 방법이 아니다. 이럴 때일수록 감정에 휩쓸리지 않고 상황을 냉정하게 판단해야 한다. 감정적인 판단은 일을 그르친다. 냉정하게 판단하면 더 나은 현명한 결정을 할 수 있다. 화가 난 나머지 즉각적으로 폭력을 행사하거나 보복하려 하면 손해를 보는 것은 당신이다. 험담한 상대방에게 감정적으로 반응하는 것은 상대방의 의도대로 움직이는 셈이 된다. 이런 부류의 사람들은 자신이 먼저 험담을 했더라도, 당신이 보복하는 순간 자신을 피해자라고 말하며 당신을 더욱 매도한다. 그러면 주변 사람들은 "뒷담화가 아니라 정말 나쁜 사람이었구나"라고 생각할 수도 있다. 그렇기에 험담을 들었을 때 아무리 화가 나더라도 잠시 멈추는 것이 좋다. 더 나은 대응을 위해서는 감정을 억누르고 냉정한 머리를 유지해야 한다.

세 번째
스스로의 가치를 다시 생각해본다.

뒷담화를 들었을 때 대부분의 사람은 자신감이 떨어진다. "내가 뭔가 잘못한 걸까?" "내가 실수한 걸까?" 사람은 사회적 동물이기에 이런 생각을 하는 것이 당연하다. 하지만 이런 상황일수록 흔들릴 필요 없이, 자신을 더욱 믿어야 한다. 자기 자신의 가치를 제대로 아는 사람은 험담에 흔들리지 않는다. 뒷담화는 나를 바라보는 상대방 일방의 문제이지, 그것이 당신의 가치를 결정하지 않는다. 자기 자신을 믿는다는 것은 단순히 긍정적인 생각을 하는 것을 넘어서, 자신의 강점과 약점을 모두 인정하고 받아들이는 것을 의미한다. 약점은 보완하고, 강점은 더욱 부각시켜라. 그것을 통해 자신감을 회복하라. 대부분의 경우, 뒷담화는 그 사람의 불만이나 질투에서 비롯된다. 당신이 잘났기에 뒤에서 험담한다는 것이다. 누군가 뒤에서 계속 험담한다면 "내가 잘나서 질투하는구나"라고 생각하면 그 뿐이다.

네 번째

단호하게 경고하라.

상대방이 계속해서 뒷담화를 한다면, 단호하게 경고하라. 경고하는 것은 상대방에게 마지막 기회임을 알려주는 것이다. 따라서 경고를 할 때는 확실히 해야 하며, 상대방의 부적절한 행동이 어떤 영향을 미쳤는지, 어떤 결과를 초래할지 분명히 알려야 한다. 경고는 주로 직접적인 대화를 통해 이루어진다. 이때 중요한 것은 자신의 감정과 피해를 정확하게 설명하면서도 분노에 휩쓸리지 않고, 차분한 태도를 유지하는 것이다. 뒷담화에 대한 사실들을 나열하고, 그 행동이 자신의 감정과 인간관계에 어떻게 영향을 미쳤는지 구체적으로 전달해야 한다. 결코 말을 흐리거나, 유야무야 넘어가려고 하면 안 된다. 경고를 할 때는 단호하고 자신감 있게 문제를 해결하려는 자세를 보여야 한다. 예를 들어, "이런 뒷담화가 계속된다면 법적인 조치를 취할 수밖에 없다"라고 추후 있을 일에 대해 경고하는 것이 좋다. 대부분의 사람은 이런 경고 앞에서는 함부로 대하지 못하고, 먼저 사과할 수밖에 없다. 대화를 할 때는 휴대폰을 통해 녹취를 해두는 것도 좋은 방법이다. 경고를 했음에도 상대방이 자신이 잘못한지도 모르고, 계속해서 같은 일을 반복한다면 법적 조치는 물론이고, 가까운 친구나 신뢰할 수 있는 동료들에게 상황을 설명하고 논리적인 대화와, 녹취 등을 통해 오해를 바로잡아라.

다섯 번째
사람 아닌 사람에게 반응하지 마라.

개미가 물었다고 해서 진심으로 분노하는 사람은 없다. 뒷담화하는 사람도 마찬가지인 경우다. 이들은 사람 이하이기에 사람 취급하지 말고 무시하면 그 뿐이다. 그러면 굳이 반응할 필요성도 못 느낄 것이다. 뒷담화하는 사람들이 왜 그런 유치한 행동을 하는지는 뻔하다. 그들은 상대방을 깎아내리며 우월감을 느끼고, 자신의 잘 안 풀리는 삶을 위로받으려고 한다. 이렇게 남을 깎아내리는 과정에서 그들은 큰 기쁨을 느낀다. 그래서 그들은 뒷담화를 멈추지 않는다. 그들이 무슨 말을 하든지 간에, 굳이 반응하지 않는다면 그들이 더 괴롭고 힘들어 한다. 이렇게 해야 그들의 의도에 휘둘리지 않고 당당한 태도를 유지할 수 있다. 그들의 험담을 듣지 않는 것, 무시하는 것, 그리고 그것을 말도 안 되는 소리로 가볍게 여겨라.

3. 나를 지켜 줄 처세술

그리고 인간관계 내의 다른 사람들에게 관심을 두고 더 챙겨라. 뒤에서 험담이나 해대는 그들의 말은 근거도 없고, 거칠고 천박하다. 그렇기에 인간관계에서 잘 받아들여지지도 않고, 신뢰도 받지 못한다. 그들 외의 다른 사람을 챙긴다면 그들은 당신의 편이 된다.

4

돈과 인간관계

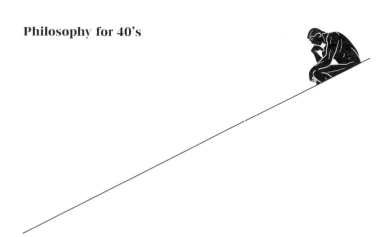

친하면 친할수록
돈 거래하면 안 되는 4가지 이유

옛날부터 친하면 친할수록 돈 거래는 절대 하지 말라는 말이 있다. 친하면 친할수록, 심지어 가족 간에도 하지 말라는 말이 있다. 얼핏 보면 매정하다고도 할 수 있지만, 돈 거래를 안 하는 것은 인간관계를 지키고, 돈을 지키는 가장 현명한 방법이다. 친하면 친할수록 돈을 거래하면 안 되는 4가지 이유가 있다.

첫 번째
신뢰가 순식간에 깨진다.
지금 누군가를 신뢰한다고 해도, 돈 거래를 하는 순간 그 신뢰는 깨질 확률이 높다. 다른 문제와 다르게 돈 문제는 아무리 친한 사이일지라도 한 순간에 신뢰를 깨지게 만든다. 그리고 한 번 깨진 신뢰는 아무리 회복하려 노력해도 다시 회복하기가 무척 어렵다. 아무리 가까운 사이일지라도, 막상 돈을 빌려주었는데 갚지 않거나 연락을 피한다면 그 관계는 좋을 수 없다. 돈을 갚지 않는 것은 신뢰를 깨고 실생활에 큰 걱정을 주는 행동이다. 많은 사람들이 쉽게 돈을 빌리며 "금방 갚겠다"라고 말한다. 빌려주는 사람은 상대방의 갚겠다는 말에 "갚겠다고 하니 안심이네"라고 생각한다. 하지만 실제로는 그렇지 않다. 돈을 빌려준 그 순간부터 안심이라는 것은 없고, 걱정만 맴돈다. 게다가 돈을 못 갚았을 때는 더 문제가 된다. 돈을 갚으란 말을 하면 상대방이 상처받을까 봐 싫은 소리를 하지 못하고 기다린다. 자신이 돈을 빌려준 갑이라는 사실은 순간 잊어버린다. 이처럼 인간관계에서는 돈 거래를 하는 순간 스트레스를 받을 수밖에 없다. 가장 좋은 방법은 돈을 빌려주지 않는 것이다. 혹시 정 거절을 못 한다면, 돈을 빌려주더라도 못 받을 것을 각오하고 최소한의 금액만 빌려줘라.

두 번째
돈을 못 갚을 가능성이 높다.

돈을 빌린 사람은 갚지 않을 가능성이 크다. 이 때문에 친구도 잃고 돈도 잃을 위험이 있다. 돈을 빌려간 사람이 처음부터 돈을 갚지 않으려는 것은 아닐지도 모른다. 대부분 돈을 빌린 사람이 갚지 않으려는 이유는 우선순위가 낮기 때문이다. 예를 들어, 부동산 대출 이자는 4%, 마이너스 통장 이자는 7%, 고리대금 이자는 15%다. 그리고 친구에게 빌린 돈까지 있다.

친구에게는 밥 한 끼 사주는 것으로 하고 다음 달까지 갚기로 했다.

이런 상황에 갑자기 돈이 생기면 무엇을 먼저 갚겠는가? 고리대금 빚은 생존과 직결되기에 가장 먼저 갚을 것이다. 그 다음은 마이너스 통장을 갚으려고 할 것이다. 친구나 가족에게 빌린 돈은 미안하다고 하거나 의리, 정에 의존하며 미루게 된다. 결국, 보증 없이 빌린 돈이 가장 우선순위에서 밀리기 마련이기에 돈도 친구도 잃을 수 있다. 그렇기 때문에 어지간해서는 친구에게도 돈을 함부로 빌려주거나 빌리지 마라.

세 번째

갑을 관계가 역전된다.

돈을 빌려주기 전에는 빌리려는 사람이 을이고, 빌려주는 사람이 갑이다. 하지만 돈을 빌려주는 순간, 그 관계는 바로 역전된다. 돈을 빌려준 사람이 을이 되고, 돈을 빌린 사람은 갑이 된다. 돈을 빌린 사람보다 받을 사람이 더 초조해지고, 일상에도 큰 영향을 미친다. 금액이 클수록 이 불안감은 더 커지게 되지만, 돈을 빌려간

4. 돈과 인간관계

사람은 관심도 없다. 돈은 빌린 사람보다 빌려준 사람이 더 잘 기억하고 더 고통받는다.

네 번째
돈 문제는 계속 일어난다.

살면서 마주치는 여러 문제 중 대부분은 한 번 해결하면 끝나는 경우가 많다. 하지만 돈 문제는 어지간해서는 한 번에 해결되지 않는다. 설령 돈을 빌려주고 운 좋게 돌려받았다 하더라도, 나중에 가서 다시 돈 문제가 생기고, 다시 돈을 빌려달라고 부탁하는 경우가 무수히 많다. 이때 돈을 빌려주지 않으면 상대방은 우정이 변했다고 생각하며 감정적으로 나온다. 돈을 빌려줄지는 개인의 선택이지만, 상대방은 우정 등을 내세우며 실망을 표현한다. 거절하는 사람은 자신의 권리임에도 상대방의 기분을 맞추기 위해 애쓴다. 이런 일은 애초에 돈을 빌려줬기 때문에 생긴다. 처음부터 돈 거래를 하지 않는 것이 인간관계에서 스트레스를 줄이는 현명한 방법이다.

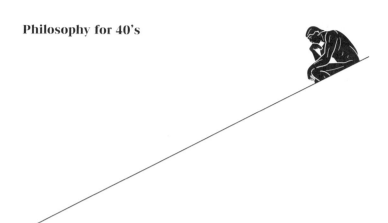

돈 쓰고도 욕 먹는 사람들의
5가지 특징

"밥 사주고, 커피도 사줬는데 왜 이래?"

돈을 쓰고도 사람들에게 서운함을 느끼는 사람들이 있다. 그건 아마 돈을 잘 못 썼기 때문이다. 우리 주변을 살펴보면 돈을 잘 쓰는 사람이 있고, 돈을 잘 못 쓰는 사람이 있다. 돈을 잘 쓰는 사람들은 돈을 썼기에 대접받고, 감사의 인사를 받는다. 돈을 잘 못 쓰는 사람은 돈을 쓰고도 욕만 먹는다. 돈이라는 것은 소중한 것인데, 돈쓰고도 욕 먹는 일은 반드시 피해야만 하지 않을까? 여기 돈을 쓰고도 욕 먹는 사람들의 특징 5가지가 있다.

첫 번째

한 번 돈 쓰고 계속 생색 낸다.

누군가가 돈을 쓴다면 사람인 이상 당연히 고마운 마음이 든다.

예를 들어 누군가 밥을 사줬다면 '다음엔 나도 한 번 사야지' 하는 생각이 들게 된다.

하지만 상대방이 "이거 한 끼에 10만원이야", "나니까 사주는 거야" 같은 식으로 자꾸만 생색을 내면 어떨까?

그 순간 고마움은 사라지고 그 사람을 다시 보게 된다.

한 번 사줬다고 계속 생색내는 사람은 자신의 호의를 과대평가하고, 그것을 계속 상기시키려 한다. 이는 타인에게 인정받고 싶어하는 잘못된 열망에서 비롯된다. 돈을 쓰는 방식은 매우 중요하다. 한 번 베푼 호의를 평생의 은혜로 착각하는 사람은 자기중심적인 사고방식을 가진 사람이다. 이들은 자신의 행동이 매우 대단하다고 생각하며, 그것을 통해 자신의 가치를 인정받고자 한다. 그러나 이런 행동은 오히려 타인에게 부정적인 인상을 남길 뿐이다. 한 번 돈을 쓰거나 남을 도와준 호의에 대해 과도하게 언급하거나 자랑하는 것은 절대로 삼가라. 자신의 호의가 상대방에게 영원한 빚을 지게 하는 권리라고 여기는 것은 큰 착각이다. 진정한 호의는 그저 베푸는 것이며, 받는 이로 하여금 의무감을 느끼게 해서는 안 된다.

두 번째

필요하지도 않은 데 돈 써놓고 생색 낸다.

　필요하지 않은 것에 돈을 쓰고 생색내는 사람들이 있다. 다른 사람이 원하지도 않았고, 딱히 쓸데도 없어 보이는 선물이나 음식을 사주는 것이다. 받는 사람은 선물이니 당연히 고맙겠지만, 자꾸 생색을 내고 자신의 호의를 알아달라고 표현하면 그 고마움은 사라진다. 상대방이 원하지 않는 것에 돈을 쓰면서 알아주기를 바라는 것은 이기적인 행동이다. 남을 위해 돈을 쓴 것이 아니라 결국 자기 만족을 위해 쓴 것인데, "왜 별로 안 기뻐해?"라고 묻거나 생색을 내면 받는 사람도 부담스러워진다. 결국 처음의 감사함은 사라지기 마련이다. 다른 사람이 원하지 않는다면 돈을 쓰지 마라. 굳이 돈을 쓰고 싶다면 생색내지 말고 자기 만족으로 끝내라.

세 번째

상대를 무시하며 돈을 쓴다.

　돈이 조금 있다고 해서, 상대방을 무시하며 돈을 쓰는 사람들이 있다. 아무리 돈을 쓴다 하더라도 상대방에 대한 예의는 지켜야 한다. 하지만 돈 쓰고도 욕 먹는 사람들은 굳이 "너 돈 없지? 내가 살게"라고 말하며 상대방을 무안하게 만든다. 상대방이 고마워할 것이라고 착각하지만, 사실은 상대방은 비참한 기분이 든다. 상대방을 배려하고 싶다면, "이번엔 내가 살게, 다음엔 네가 사" 같은 식으로 상대방을 배려하며 말해야 한다. 무슨 일이 있어도 돈 쓰는 것 가지고 상대방을 비참하게 하면 안 된다. 이런 사람들은 돈을 쓰고도 "돈 좀 있다고 자랑이나 하는 사람이네"라는 말을 듣게 된다. 결국, 사람들은 이런 사람을 피하게 된다.

네 번째
목적이 있어서 돈 쓰는 사람

사회생활을 하다 보면 때때로 목적이 있는 관계를 맺게 된다. 이런 관계를 우리는 비즈니스 관계라고 부른다. 서로의 목적을 달성하기 위해 밥을 사고, 술을 사며 돈을 쓴다. 비즈니스 관계에서는 목적을 위해 돈 쓰는 것이 당연하다. 그러나 보통의 인간관계에서 이런 행동은 부정적인 반응을 일으킨다. 특히 친구처럼 목적 없이 만나는 사이에서는 계산적인 면모가 부정적으로 받아들여진다.

인간관계에서 목적을 위해 돈을 사용하는 사람들은 상대방의 기대와 신뢰를 저버리는 행동을 한다. 그래서 돈을 쓰고도 욕을 먹는 결과를 초래한다. 호의를 베풀 때는 그저 베풀면 그만이지, 생색을 내거나 대가를 바라면 안 된다. 상대방이 호의가 순수한 것이 아닌, 목적이 있는 호의라고 느껴지면 거부감이 들게 되고, 상대방을 보는 시선이 달라지게 된다.

목적을 달성하기 위해 돈을 사용하는 사람은 상대방이 자신이 원하는 대가를 주지 않으면 화를 내거나 허탈한 모습을 보인다. "이

렇게 사주고,

먹여줬는데 고작 이거냐"는 반응을 보인다. 이런 사람은 만남을 반복할수록 실망만 쌓이고, 상종조차 하기 싫게 된다. 일반적인 인간관계에서는 굳이 계산 적인 모습을 드러내지 마라.

다섯 번째

타인의 입장을 고려하지 않고 돈 쓰는 사람

돈을 쓴다는 이유만으로 타인의 입장이나 상황을 고려하지 않는 사람이 있다. 이런 일은 주로 직장이나 갑을 관계에서 벌어진다. 예를 들어, 사전에 통보되지 않았는데 갑작스레 상사가 회식을 제안하면 직원들은 곤란하다. 마음이 무거워지고, 어떻게 할지 고민이 생길 수밖에 없다. 사람마다 사정이 다 다르기 때문인데, 누군가는 가족이 집에서 기다리고 있을 수도 있고, 친구와 식사 약속이 있을 수도 있다. 물론 퇴근 후 쉬고 싶을 수도 있다. 하지만 직장이라는 공간에서는 상사의 제안을 거절하기 쉽지가 않다.

이럴 때 직원들의 표정이나 반응은 마냥 좋을 수가 없는데, 이를 두고 상사가 직원들을 비난하고 생색내는 것은 옳지 않다. 아무리 큰 돈을 쓴다 하더라도 타인의 상황을 고려하지 않는다면 부정적인 반응만 돌아온다. 돈을 썼는데 욕 먹고 싶은 사람은 없다. 항상 다른 사정과 입장이 있음을 충분히 배려해야 한다는 것을 명심하자.

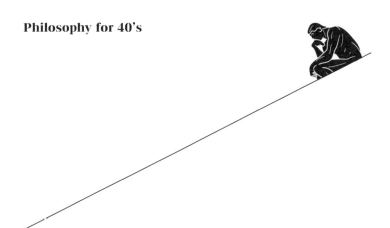

Philosophy for 40's

돈을 안 써도 귀티 나고
인복 좋은 사람들의 5가지 특징

유비는 삼국지의 주인공으로, 촉한의
황제에 오르기까지 한다. 유비의 곁에는 관우, 장비, 제갈량 등 걸
출한 인물들이 있다. 신기하게도 유비는 가는 곳마다 대접받는 모
습을 보여주며, 능력 있는 인재들이 유비 곁으로 찾아온다. 이처럼
유비는 귀티 나고 인복이 매우 많기에 명망 있고 부유한 가문에서
태어났을 것 같지만, 삼국지 초반부의 유비를 살펴보면 홀어머니
와 함께 돗자리와 짚신을 짜고 팔면서 생계를 이어갈 정도로 가난
했다. 사마광의 《자치통감》에서는 대놓고 '어려서 아버지를 잃고
가난했다'라고 적혀있기까지 하다.

이 이야기는 당장 돈이 없어도 귀티 나고 인복이 좋을 수 있다는 것을 알려주는 사례이다. 실제로 우리 주변을 살펴봐도 돈을 쓰고도 욕먹는 사람이 있는가 하면, 돈을 굳이 안 써도 대접받고 인복이 좋은 사람들이 있다. 이런 사람들은 5가지 특징이 있다.

첫 번째

말투의 중요성을 안다.

말투는 자신의 생각과 감정을 전달하는 도구다. 타인과의 소통에서 말투는 매우 중요하다. 품격 있는 사람들은 자신의 의견을 말할 때 직설적으로 말하기보다는 부드럽게 표현한다. 이것은 상대방의 기분을 배려하는 것이다. 그들은 어려운 말 대신 쉬운 말을 사용해 깊은 뜻을 전한다. 이런 말투는 상대방을 존중하고 자신의 생각을 잘 전달하는 방법이다. 말 한마디에 담긴 의미를 깊이 생각하며 대화하는 것은 인간관계를 좋게 만든다. 말투에 신경 쓰는 것은 사람들과의 관계에서 진정한 의미와 가치를 찾는 과정이다. 이는 개인의 품격을 보여주는 중요한 요소다. 이런 맥락에서 말투의 중요성을 알고 신경을 쓰는 것은 귀한 사람으로 보이게 하고, 타인과의 관계를 깊게 만든다. 말투를 통해 자신의 생각과 감정을 잘 전달하면, 우리는 더 풍부하고 의미 있는 대화를 할 수 있다. 그러므로 말투에 주의를 기울이는 것만으로도 자신의 품격을 높일 수 있다는 점을 기억해야 한다.

두 번째

예의를 지킨다.

예의 바른 사람들은 굳이 티를 내지 않고도 자연스럽게 고상한 이미지를 풍긴다. 그래서 주변 사람들의 시선을 끈다. 이런 사람들은 화려한 옷을 입지 않아도 "저 사람은 왜 저렇게 특별할까?"라는 생각을 하게 만든다. 그들에게서는 특별한 기운이 느껴진다. 그것은 바로 '품격'이다. 품격은 돈으로 살 수 있는 것이 아니다. 외모만큼 중요한 것은 '태도'이며, 그 태도의 중심에는 '예의'기 있다. 예의는 그 사람이 누구인지, 그의 내면과 실제 모습을 잘 보여준다. 예의는 단순히 말과 행동에서 끝나지 않는다. 그것은 사람의 마음에서 시작된다. 진심으로 다른 사람을 존중하고 이해하려는 마음에서 진정한 예의가 나온다. 이런 마음을 가질 때, 작은 행동 하나에서도 진정성이 느껴지기에 귀티가 나고 사람들이 모이게 된다.

세 번째

깔끔하며 단정하다.

깔끔한 사람들은 내면의 성숙함만큼 외적인 정돈에도 신경을 쓴다. 이는 자신을 존중하고 타인을 배려하는 태도이다. 몸을 깨끗이 하고 옷을 단정하게 입는 것은 마음을 정리하는 과정의 일부이다. 이는 단순히 외모를 꾸미는 것을 넘어, 주변 환경을 정돈하는 것까지 포함한다. 자고 일어나서 이불을 개고, 식사 후 식기를 깨끗이 하는 것은 그들의 생활 속에서 자연스럽게 나타나는 모습이다. 이러한 단정함은 외모에만 국한되지 않는다. 인복이 좋고 귀티 나는 사람들은 대화에서도 그 정돈된 태도를 보여준다. 말투, 태도, 시선, 어조 모두가 조화롭고 균형 잡힌다. 이는 상대방을 존중하고 관심을 기울이는 방법이며, 이를 통해 서로의 소통이 더 풍부하고 의미 있게 된다.

네 번째
자기에게 잘 어울리는 스타일을 안다.

옷이 사람을 만든다는 말이 있다. 이 말은 옷이 단순히 겉모습을 꾸미는 것이 아니라, 그 사람의 내면까지도 변화시킬 수 있는 힘이 있다는 뜻이다. 옷을 어떻게 입느냐는 자신을 어떻게 표현하고 싶은지, 어떤 이미지를 다른 사람들에게 보여주고 싶은지를 확실하게 나타내는 방법이다. 비싼 옷이 무조건 좋다는 뜻이 아니다. 진정한 멋은 자신의 체형에 맞는 옷을 고르고, 얼굴색에 어울리는 색상을 선택하는 데서 시작된다. 자신에게 맞지 않는 옷을 입는 것은 좋은 물건을 쓰레기 봉투에 포장한 것과 같다. 물건이 아무리 좋아도 쓰레기 봉투에 포장하면 사람들은 그 물건의 가치를 알아보지 않는다. 이와 마찬가지로, 자신의 체형이나 얼굴색에 맞지 않는 옷을 입으면 아무리 좋은 옷이라도 그 사람의 진정한 매력을 드러내지 못한다. 반대로, 자신에게 잘 맞는 옷을 입으면 그 사람은 자신

4. 돈과 인간관계

감을 얻고, 자신의 개성과 매력을 최대한으로 발휘할 수 있다. 이처럼 옷은 단순한 패션을 넘어서, 자신의 개성과 매력을 표현하는 수단이다. 귀티 나는 사람들은 굳이 비싼 옷을 입지 않아도, 자신에게 맞는 옷을 입는다. 이를 통해 자신감을 얻고, 다른 사람들에게 매력적인 사람으로 보인다.

다섯 번째
바른 자세를 취한다.

사람들 앞에서 바른 자세를 취하는 것만으로도 귀티가 난다. 바른 자세는 자신감을 주고, 타인에게 신뢰를 준다. 좋은 자세를 취하는 사람들은 구부정한 자세를 취하는 사람들보다 매력적이고 건강해 보인다. 권위 있고, 자신감 있으며, 고급스러워 보이는 사람들은 대부분 자세가 좋다. 이들은 허리를 곧게 펴고, 어깨를 뒤로 하며 당당해 보인다. 그렇기에 일상생활에서 자세에 신경을 쓰고, 자세를 개선하는 노력을 기울이는 것이 좋다. 바른 자세를 취하는 것은 굳이 돈을 쓰지 않아도 사람을 귀티 나는 사람으로 만들어 준다.

마흔에 읽는 철학

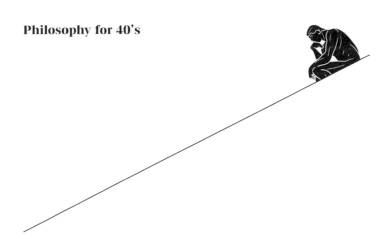

Philosophy for 40's

자기 돈 절대 안 쓰는 사람들
대처하는 3가지 방법

자기 돈은 절대 안 쓰려고 하면서 남의 돈만 쓰게 하는 사람들은 인간관계에서 큰 스트레스로 작용한다. 돈 얘기를 꺼내는 것도 뭔가 치졸해 보이기에 안 하게 되고, 냉정히 잘라내려고 해도, 직장 등의 장소에서 어쩔 수 없이 얼굴을 마주칠 수밖에 없기에 잘라내기 힘든 인간관계도 있다. 자기 돈을 절대 안 쓰는 사람들에게 현명하게 대처하기 위해서는 이렇게 하는 것이 좋다.

첫 번째

주문하기 전 미리 말 하라.

돈 문제로 스트레스를 받지 않기 위해서는 주문하기 전에 미리 말하는 것이 효과적이다. 사람들이 함께 식사할 때는 아무 문제가 없이 식사를 한다.

하지만 계산할 때는 밥값 문제로 갈등이 생긴다. 이로 인해 친구 관계가 틀어질 수도 있다. 하지만 이는 간단히 해결할 수 있는 문제다. 주문 전에 미리 "오늘은 각자 계산하자"라고 밀하면 된다. 이렇게 하면 나중에 계산할 때 불필요한 다툼을 피할 수 있다. 식사 후에 돈을 나누는 방법도 있지만, 이 경우 송금하지 않는 사람이 생길 수 있다. 그러면 돈을 먼저 낸 사람이 곤란해진다. 돈을 달라고 요청하는 것도 치졸해 보이기에 민망한 일이다. 게다가 요청을 불쾌하게 받아들이는 사람도 있을 수 있다. 미리 말하면 이런 문제를 예방할 수 있다. 이는 밥값 문제뿐만 아니라 다른 상황에서도 마찬가지다. 우리가 원하는 것을 미리 명확히 말하는 것은 갈등을 줄이고, 관계를 유지하는 데 효과적이다.

두 번째

관계를 정리하라.

사람들과의 관계에서 가장 어려운 일은 '관계를 끝내는 것'이다. 상대방과 오랜 시간 함께하며 정이 들었을 때는 더욱 그렇다.

마흔에 읽는 철학

하지만 때로는 이런 결정을 내려야 할 때가 온다. 우리가 아무리 노력해도 상대방의 태도가 변하지 않는다면, 우리는 그 관계를 끝내야만 한다. 옛말에 '자신을 소중히 여기는 것이 지혜다'라는 말이 있다. 우리는 타인을 아끼는 것도 중요하지만 그보다 더 자신을 아끼고, 자신의 감정과 삶을 중요하게 여겨야 한다. 다른 사람이 아무리 중요해도, 나 자신보다 중요하지는 않다. 상대방에게 배려와 기회를 주었지만, 그 사람이 계속 불평과 불만만 한다면, 그 관계를 정리해야 한다. 관계를 끝내는 것은 쉽지 않은 일이다. 그 사람과의 추억과 감정을 모두 떠나보내야 하기 때문이다. 하지만 우리에겐 이런 결정을 내려야 하는 순간이 찾아온다. 그렇게 해야만 더 좋은 관계를 맺고, 더 나은 삶을 살 수 있다.

세 번째
직접적으로 돈을 낼 것을 요구하라.

이런 불편한 이야기를 직접 하는 것은 쉽지 않다. 하지만 많은 사람들이 이런 싫은 소리를 피하려다가, 부담만 쌓이게 되고, 결국 그 사람과 멀어지게 된다. 대화를 피하는 것은 문제를 해결하는 것이 아니라, 문제를 회피하는 것이다. 좋은 관계를 유지하려면 문제를 직면하고, 이를 해결하기 위해 대화를 나눠야 한다. 다른 사람을 이용하는 행동은 결국 부끄러운 행동이다. 이런 행동은 단순히 밥값을 안 내는 것으로 끝나지 않는다. 시간이 지나면 그 사람은 더 큰

4. 돈과 인간관계

요구를 할 것이다. 그리고 이는 그 사람의 습관이 되어 인간관계를 더욱 좀먹는다. 우리의 배려는 그들에게 '권리'가 되어버린다. 우리는 '진실은 거짓보다 강하다'라는 말을 기억해야 한다. 지금 느끼는 부담과 불편함을 솔직하게 표현하라. 대화는 서로를 이해하고, 갈등을 해결하는 가장 좋은 방법이다.

마흔에 읽는 철학

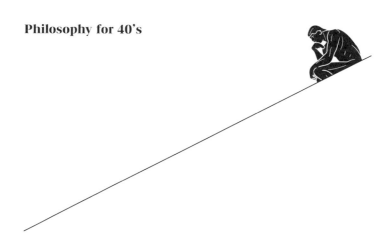

돈 복 있는 사람들의
5가지 특징

역사상 가장 거대했던 에너지 기업을 보유한 인물인 록펠러는 소위 말하는 '금수저'가 아니었다. 평범한 가정에서 태어난 록펠러는 아버지로부터 어린 시절부터 절약과 부지런함의 가치를 배웠다. 그는 회사의 연봉 협상이 만족스럽지 않자 자신의 사업을 시작했으며, 그 사업은 성공을 거두었다. 그러던 중 남북전쟁 당시 유전이 발견되고 사람들이 석유의 가치를 알아보기 시작하자, 록펠러는 유전 사업에도 뛰어들었고, 결국 1870년 스탠더드 오일 회사를 설립하게 된다. 그는 미국 석유 산업에서 독점적인 위치를 확립했으며, '석유왕 록펠러'라고 불리게 되었다.

1937년 그가 사망할 당시 보유했던 재산은 14억 달러로, 이는 당시 미국 GDP의 1.5%에 달했다. 2023년 미국 최고의 부자였던 일론 머스크의 재산이 미국 GDP의 0.8%였으니, 당시 록펠러의 재산 규모가 얼마나 컸는지 알 수 있다.

록펠러는 자신의 사업 수완으로 부자가 되었지만, 그 외에도 여러 가지 행운이 따라주기도 했다. 우리는 이런 사람들을 '돈 복 있는 사람'이라고 말하며 부러워한다. 우리 주변에도 사업, 부동산, 주식 등으로 큰돈을 번 사람들이 있으며, 이들 중 많은 이들이 "운이 좋았다"라고 말하곤 한다. '돈 복 있는 사람'은 타고나는 것이라고 생각할 수도 있지만, 이들은 대부분 공통적인 특징을 갖고 있다.

첫 번째

긍정적인 사고방식을 갖고 있다.

돈 복이 있는 사람들은 긍정적인 사고방식을 가지고 있다.

그들은 실패를 무서워하지 않고, 도전과 기회를 환영하며, 항상 해결책을 찾으려고 한다.

이런 태도는 그들에게 더 많은 기회와 성공을 가져다준다.

이들은 문제를 만났을 때 "이건 안 되겠네"라고 생각하지 않고, "어떻게 하면 할 수 있을까?"라고 생각하기 때문에 결국 해결책을 찾아내고 성공할 가능성을 높인다.

마흔에 읽는 철학

두 번째

긍정적인 사람과 어울린다.

돈 복이 있는 사람들은 인맥에 집착하느라 주변 모든 사람들과 어울리지 않고 긍정적인 사람들과 어울린다. 이들은 부정적인 사람과 어울리는 것이 자신에게 나쁜 영향을 준다는 것을 알고 있다. 어떤 일을 할 때 사람들은 두 가지 부류로 나뉜다. 첫 번째 부류는 안 되는 이유를 찾는다. 이들은 "이건 안 돼", "이게 가능하겠어?", "이거 할 시간에 다른 걸 하지" 같은 말을 하며 안 되는 이유를 찾는다. 또한, 자신만 안 하면 그만인 것을 열심히 하려는 사람에게 "그건 해봤자 안 될걸?"이라고 말하며 다른 사람의 성취를 방해하려 든다.

두 번째 부류는 정반대이다. 이들은 "어떻게 하면 더 잘할 수 있을까?", "이 문제를 어떻게 해결할까?"라고 말하며 되는 이유와 방법을 찾는다. 이 부류의 사람들은 주변 사람들이 문제를 겪을 때 적절한 조언과 동기부여를 통해 성공을 돕고 함께 성장하려 한다. 돈이 많은 사람들은 바로 두 번째 부류의 사람들과 어울리기 때문에, 문제가 생겨도 잘 해결하고, 더 효율적으로 목표를 이룬다.

세 번째

무언가를 제공하려 한다.

돈 복이 있는 사람들은 상대방에게 끊임없이 무언가를 제공하려 한다. 그들은 돈이 사람에게서 나온다고 생각하며, 돈이 뺏고 빼앗기는 것이 아니라 가치와 교환된다는 것을 잘 알고 있다. 사람들에게 가치를 주면 돈은 자연스럽게 따라온다는 것을 이해하고 있기 때문에, 이들은 계속해서 무언가를 주려고 한다. 양질의 서비스, 편리함, 맛있는 음식, 좋은 지식 등 자신이 줄 수 있는 것이 무엇인지, 어떻게 더 많은 가치를 줄 수 있을지 고민한다.

네 번째
돈이 생기면 자신에게 투자한다.

이들은 돈이 생기면 자신을 발전시키기 위해 사용한다. 돈을 안 쓰고 무작정 모으기만 하지 않고, 자신을 더 나은 사람으로 만들기 위해 쓴다. 사치스러운 소비는 피하고, 오히려 자기 계발에 집중한다. 예를 들어, 책을 사서 읽거나, 새로운 경험을 쌓기 위해 여행을 떠난다. 또한, 운동을 통해 건강을 유지하고, 강연을 듣거나 수업을 들어 더 많은 지식을 얻는다. 이렇게 돈을 쓰는 것은 결국 자신을 더 나은 사람으로 만들기 위해서다.

돈을 쓸 때는 항상 신중해야 한다. 돈은 한정된 자원이기 때문에 어떻게 사용하느냐에 따라 우리의 삶이 크게 달라질 수 있다. 따라서 돈을 쓸 때는 항상 '이것이 나를 더 나은 사람으로 만들 수 있는가?'를 생각하라. 좋은 의사결정이 반복되면 미래는 더욱 나아진다.

다섯 번째

단점보다는 장점에 집중한다.

돈 복 있는 사람들은 자신의 장점을 키우는 데 집중한다. 많은 사람들이 자신의 부족한 점에만 신경 쓰다가 진짜 능력을 발휘하지 못한다. 하지만 이들은 자신의 좋은 점을 찾아내어 그것을 더 크게 만들기 위해 노력한다. 우리는 종종 자신의 단점에 주목하며 스스로를 평가 절하하기 쉽다. 하지만 자신의 강점을 발견하고 그것을 키우는 것이 훨씬 더 중요하다. 예를 들어, 누군가가 수학에 약하지만 그림을 잘 그린다면, 그 사람은 그림 그리는 능력을 더욱 발전시켜야 한다. 이렇게 하면 자신감도 높아지고, 더 큰 성과를 이룰 수 있다.

또한, 자신의 장점에 집중하면 일을 떠나 인생에서도 더 행복하고 만족스러운 삶을 살 수 있다. 자신의 장점을 키우는 과정은 그리 어렵지 않다. 먼저 자신의 강점을 정확히 파악하는 것이 중요하다. 이를 위해 스스로를 잘 관찰하고, 가까운 주변 사람들의 솔직한 의견을 듣는 것도 좋은 방법이다. 강점을 발견한 후에는 그것을 더 발전시키기 위해 계획을 세워라. 예를 들어, 글쓰기에 재능이 있다면 글쓰기 관련 책을 읽고, 글쓰기 모임에 참여하는 등의 노력을 기울여라.

장점을 키우는 과정에서 중요한 것은 포기하지 않는 것이다. 처음에는 어렵고 성과가 눈에 보이지 않을 수 있다. 하지만 꾸준히 노

4. 돈과 인간관계

력하다 보면 조금씩 발전하는 자신을 발견할 수 있다. 혹시나 성과가 잘 나지 않는다 해서 좌절할 필요는 없다. 결국 포기하지 않고 꾸준히 하면 성과는 따라오기 마련이다. 어제의 자신보다 더 발전한 현재를 보고 계속 나아가라.

마흔에 읽는 철학

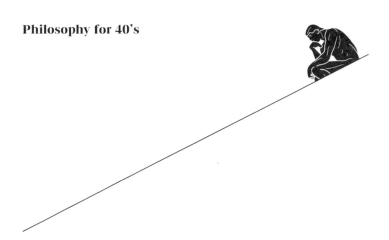

매번 돈 없다고 하는 사람을
피해야 하는 3가지 이유

인간관계에서 돈이 없다는 말을 자주 하고, 항상 돈과 관련되면 엄살을 부리는 사람을 만나게 된다. 이런 사람들은 자신의 돈은 무척 아끼면서, 남의 돈은 그렇지 않은 것처럼 얻어먹거나 돈을 빌리는 것을 즐긴다. 돈이 없다는 이유만으로 사람을 피하는 것은 냉정해 보일 수 있지만, 여기서 피해야 하는 사람은 돈이 있는데도 매번 돈을 써야 할 때 돈이 없다고 하는 부류의 사람을 말한다.

첫 번째

자기 돈만 아까운 줄 안다.

돈이 없다고 말하는 사람들은 자주 이기적인 행동을 보인다. 이기적인 행동이란 오로지 자신의 이익만을 위해 다른 사람의 감정이나 상황을 무시하는 것을 말한다. 물론 돈이 없다고 해서 모두가 이기적인 것은 아니다. 그러나 만약 누군가 이런 행동을 한다면, 그와의 관계를 다시 생각해보아야 한다.

어떤 사람은 항상 돈이 없다고 말하면서도 실제로는 불필요한 소비를 하고 사치를 즐긴다. 매번 돈이 없다고 하며 식사나 다른 비용을 다른 사람에게 떠넘기지만, 정작 자신은 사치스러운 물건을 구입한다. 이런 행동이 정말 돈이 없는 사람의 행동으로 보이는가? 만약 누군가가 항상 돈이 없다고 해서 도와주었는데, 나중에 그 사람이 외제차를 사거나 명품을 샀다는 소식을 듣는다면 속았다는 기분이 들 것이다.

이외에도 이기적인 행동은 다양한 형태로 나타난다. 돈과 관련된 이기적인 행동은 특히 인간관계에서 큰 상처를 준다. 돈이 없다고 우는 소리를 해서 지인에게 돈을 빌리고 갚지 않는 사람도 많다. 그들은 돈이 없다는 핑계를 대며 미안하다고 말하지만, 실제로는 돈을 갚을 생각이 없는 것처럼 보인다. 절약이라는 개념이 없고 자신이 원하는 것에 아낌없이 돈을 쓰는 것이다. 이런 행동은 자기 돈만 소중하게 여기는 매우 이기적인 행동이다.

돈은 누구에게나 소중한 자원이다. 이런식으로 행동하는 사람들과의 관계는 부정적인 감정을 불러일으키기에 피하는 것이 좋다.

두 번째

받기만 하고 주지 않는다.

이런 사람들의 특징은 받을 줄만 안다는 것이다. 돈이 없다는 핑계 뒤에 숨어서 항상 얻어먹기만 하고 한 번도 사지 않으며, 선물도 받기만 하지 주는 경우가 없다. 많은 사람들은 자선사업가가 아니지만, 인간관계에서 싫은 소리하기 어려워서 그냥 넘어가는 경우가 많다. 이들은 주변 사람들이 넘어가주는 것을 이용하여 받을 것은 다 챙긴다.

이런 사람들은 돈이 많은 사람이 항상 사야 한다고 생각하며, "친구끼리 뭐 어떠냐"면서 습관적으로 얻어먹는 것을 당연하게 여긴다. 이런 성격을 가진 친구는 사실 친구라고 볼 수 없다. 이 세상에 당연한 것은 없고, 일방적인 사랑은 부모와 자식의 관계 외에는 존재할 수 없다. 상대방이 무언가를 줬다면, 그에 상응하는 무언가를 돌려주는 것이 당연하다.

이런 사람은 주변에 매우 흔하다. 이런 사람을 친구라고 생각하지 마라. 진짜 친구라면 부담을 주지도, 받지도 않아야 한다.

세 번째

나의 노력을 강탈당한다.

매번 돈이 없다는 사람들은 남들이 열심히 노력해서 얻은 것에 무임승차한다. 거저 먹으려고 한다고도 표현할 수 있다. 친구 사이라면 처음에는 그냥 넘길 수 있지만, 이런 일이 반복되면 결국 스트레스가 쌓인다. 가족 간에도 이런 일이 계속되면 관계가 나빠진다.

인간관계에서는 각자의 노력과 성과를 존중해야 한다. 아무것도 하지 않았으면서 누군가의 노력에 입혀 가려는 것은 그 사람을 무시하는 것과 같다. 돈이 없다는 이유로 남의 노력을 공짜로 얻으려는 태도는 옳지 않다. 노력의 가치를 이해하고 존중하는 것은 건강한 인간관계를 유지하는 데 기본이며, 노력과 성과는 그 사람의 소중한 자산이다. 이를 당연하게 강탈하려는 사람에게는 일말의 정도 남길 필요가 없다.

마흔에 읽는 철학

5

성공 마인드셋

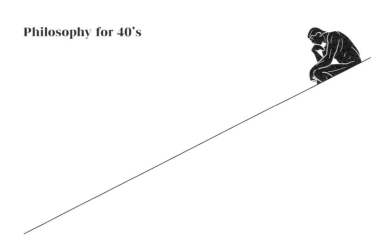

Philosophy for 40's

부자들은 절대 안 하는
생각 3가지

부자들을 살펴보면 하는 사업도 다르고 투자처도 다르지만, 뱉는 말이나 생각, 습관 등이 비슷한 것을 느낄 수 있다. 이들이 하는 생각은 너무 많기에 모두 알기에는 힘들다. 하지만 공통적으로 절대 안 하는 생각 3가지가 있었는데, 이 생각을 버려야 성공할 수 있다고 말한다.

첫 번째

"돈은 별로 중요하지 않아."

많은 사람들은 돈은 별로 중요하지 않다고 말하며, 부자들이 별로 부럽지 않다고 말한다. "돈으로도 살 수 없는 것이 있다.", "그렇게 돈 벌어서 뭐해?" 같은 식으로 얘기하며 부자들을 돈밖에 모르는 사람, 속물이라고 말한다. 하지만 돈을 소중하게 생각하지 않는다면, 돈도 당신을 소중히 생각하지 않는다. 그렇기에 부자들은 돈을 소중하게 생각한다. 돈이 있기에 자기가 하고 싶은 일에 시간을 온전히 쓸 수 있다는 것에 감사한다.

부자가 되고 싶다면 돈은 중요하지 않다는 생각을 버려라. 돈으로 살 수 없는 것이 있는 것도 맞는 말이지만, 돈이 있다면 나를 위해 할 수 있는 것이 더 많다는 사실을 외면하지 마라.

두 번째
"돈은 나쁜 거야."

사람들 사이에서 돈이라는 얘기는 왠지 꺼내면 안 될 것 같다. 게다가 영화, 드라마 속은 물론이고 주변 사람들과 대화를 나눠보면 돈이 많다는 것은 긍정적인 이미지보다는 부정적인 이미지가 있다. 하지만 부자들은 돈을 부정적으로 보지 않는다. 부자들은 돈을 자신에게 편리함을 주는 유용한 도구로 생각하며, 이를 통해 더 많은 선택을 할 수 있고, 더 나은 삶을 살 수 있다고 믿는다.

부자가 되고 싶다면 돈은 나쁜 것이란 생각을 버려라. 돈을 미워하면 돈도 당신을 미워할 것이다.

세 번째

"이 정도 했으면 됐어."

많은 사람들은 자신의 능력을 전부 발휘하지 않는다. 분명 더 할 수 있음에도 불구하고 "이 정도면 됐어"라고 말하며 자신의 최대 역량을 발휘하지 않는다. 부자들은 "이 정도 했으면 됐다"는 말을 하지 않는다. 그들은 자신이 할 수 있는 최대치를 하려고 하며, 만일 부족하다고 느낀다면 무언가를 더 배우려고 한다. 그들은 항상 새로운 지식과 기술을 배우려고 하며, 자기계발을 위해 번 돈을 다 쓰기도 한다.

많은 사람들은 부자의 이런 소비에 "돈을 뭐 저런 식으로 쓰냐"고 말한다. 하지만 돈을 쓰는 가장 현명한 방법은 명품을 사거나, 좋은 차를 사는 것이 아닌 자기 자신의 성장을 위해 투자하는 것이다. "나는 할 만큼 했어", "이 정도면 됐지"라고 생각하면서 자신의 능력을 과소평가하지 마라. 사람이라면 누구나 어제의 나보다 끊임없이 성장하고 발전할 수 있다.

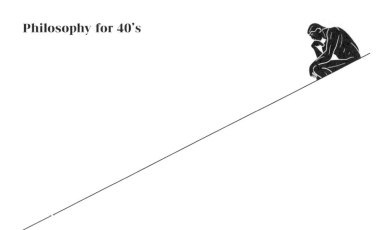

성공하기 전 나타나는
3가지 징조

테슬라의 일론 머스크는 모두가 인정하는 성공한 사람이다. 그는 지금처럼 성공하기 전부터 여러 인터뷰에서 자신이 성공할 것이라며 확신에 차서 이야기했다. 일론 머스크는 테슬라와 스페이스X가 초기에 직면했던 여러 어려움이 있었음에도 불구하고, 결국 성공할 것이라는 확신을 잃지 않았다고 말했다.

이외에도 많은 부자들이 자신의 성공을 믿어 의심치 않고 자신은 성공할 것이라고 이야기했다. 이들의 이야기를 들어보면 성공하기 전 나타나는 공통적인 징조 3가지가 있다.

첫 번째

시간이 아깝다는 생각이 자주 든다.

성공하기 전 나타나는 첫 번째 징조는 시간이 아깝다고 느끼는 것이다. 성공을 위해 목표에만 몰두하게 되면, 사소한 것들에 써야 하는 시간조차 아깝다고 느끼게 된다. 밥 먹는 시간조차 아깝기에 가장 빠르게 먹을 수 있는 메뉴를 고르고, 식당이나 카페도 가장 가까운 곳으로만 간다. 게다가 친구들 모임에 참석하는 시간조차 아깝게 느껴져서 참석하지 않고, 친한 친구가 별 생각 없이 던지는 잡담에도 시간이 아까워 스트레스를 받는다. 내 목표와 관련된 것 외에는 시간이 아깝다고 느낀다면 성공을 위한 좋은 징조다.

이럴 때 부자들은 한정된 시간을 효율적으로 사용하기 위해 중요한 것 위주로 우선순위를 정해 놓으라고 말한다. 우선순위를 먼저 처리하고, 사소한 일은 뒤로 미뤄서 시간을 효율적으로 써보자.

두 번째

자주 까먹는다.

성공하기 전 나타나는 두 번째 징조는 사소한 일들을 자주 까먹는다는 것이다. 지금 집중하고 있는 가장 중요한 일 외에는 신경이 가지 않는다. 머릿속에는 항상 "어떻게 하면 그 일을 할 수 있을까?", "어떻게 하면 조금 더 효율적일까?" 같은 생각으로 가득 차 있다. 그렇다 보니 그 외의 다른 일은 상대적으로 잘 기억하지 못하게 된다. 주변 사람들에게는 "무슨 생각을 그렇게 하냐?"는 말을 자주 듣게 된다.

가장 중요한 일에 몰입하느라 다른 곳에 신경 쓸 여유가 없는데, 몹시 즐겁고 흥분된다면 성공하기 전 나타나는 징조라고 받아들이고 더욱 몰입하라.

세 번째
실수가 많아진다.

성공하기 전 나타나는 세 번째 징조는 실수가 많아진다는 것이다. 이는 이상한 것이 아닌 당연한 일이다. 가만히 있는 것만으로는 성공할 수 없다. 보통의 사람이 성공하기 위해서는 기존에 하지 않았던 도전을 해야만 한다. 그리고 새로운 것에 도전하면 실수하는 것은 당연하다. 평소와 다른 새로운 것을 하면서도 실수하지 않는 사람은 세상에 없다.

성공하고 싶지만 계속되는 실수로 인해 실패했다고 느끼고 스트레스를 받는다면, 실수가 아닌 작은 성공을 이루었다고 생각하라. 세상은 실패와 성공 두 가지로 나뉘는 것이 아니다. 아주 작은 성공을 이뤘고, 이 성공이 모여서 큰 성공이 된다고 생각하라. 성공을 위해 끊임없이 계속 나아간다면 누구나 성공할 수 있다.

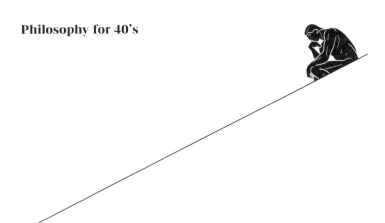

부자들은 나쁜 사람이라는
생각을 버려라

많은 사람들이 부자들은 나쁜 사람이라고 생각한다. 하지만 그것은 그저 편견일 뿐이다. 부자들이 떳떳하지 못한 방식으로 돈을 벌었을 거라고 생각하거나, 그들이 투기꾼일 거라고 단정 짓는 것은 옳지 않다. 물론, 부자 중에도 나쁜 사람이 있을 수 있지만, 부자라는 이유만으로 그들을 나쁘다고 생각하는 것은 잘못된 것이다. 우리 사회는 부자에 대한 편견이 깊게 자리잡고 있다. 드라마와 영화에서는 부자를 나쁘게, 가난한 사람을 좋게 묘사하는 경우가 많고, 인터넷 뉴스 댓글에서도 부자에 대한 부정적인 반응이 자주 보인다.

하지만 한 번 생각해 보라. 정말 모든 부자가 나쁜 사람일까? 부자가 되기까지의 과정에는 많은 노력과 희생이 따른다. 어떤 사람은 자신의 아이디어와 열정으로 성공을 이루고, 어떤 사람은 가족을 위해 열심히 일한 결과로 부를 얻는다. 이들의 노력을 무시하고 부자라는 이유만으로 나쁘다고 단정 짓는 것은 공평하지 않다.

더 나아가, 부자들이 사회에 기여하는 부분도 생각해 보아야 한다. 부자들은 상품을 공급하고, 사람들에게 편의를 주는 대가로 돈을 번다. 게다가 모든 부자들이 오직 자신만을 위해 돈을 쓰지는 않는다. 많은 부자들은 자신의 재산을 사회에 환원하고, 자선 활동을 통해 어려운 사람들을 돕는 긍정적인 역할도 하며, 고액의 세금을 납부해 여러 사람들에게 혜택이 돌아가도록 한다. 결국 그들은 자신의 성공을 통해 더 나은 세상을 만들기 위해 노력한다.

부자를 악으로 규정하고 부자를 부정하는 것은 스스로 부자가 되지 않겠다는 말이나 마찬가지이다. 부자가 되는 것, 부자는 결코 나쁜 것이 아니다. 중요한 것은 그 부를 어떻게 사용하고, 사회에 어떤 영향을 미치는가이다.

마흔에 읽는 철학

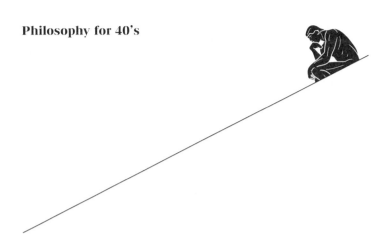

부자처럼 보이려고
애쓰지 마라

당신도 부자가 되고 싶은가?

만약 당신이 부자가 되고 싶다면 먼저 버려야 할 습관이 있다. 그것은 바로 부자처럼 보이려고 애쓰는 것이다. 많은 사람들이 돈이 많아 보이고 싶어서 비싼 옷을 사고, 고급 차를 타고, 화려한 생활을 하려고 노력한다. 그러나 이런 행동은 실제로 부자가 되는 데 도움이 되지 않는다. 오히려 돈을 낭비하게 되고, 진짜 중요한 목표를 잊게 만든다. 진정한 부자는 겉으로 보여지는 것이 아니라 내면에서 비롯된다. 부자들은 의미 없는 곳에 돈을 낭비하지 않는다. 그들은 필요한지, 갖고 싶은지를 따져보며 필요한 곳에 돈을 사용한다. 그리고 부자가 될 때까지, 부자가 되어서도 계속해서 자신의 발전을 위해 돈을 쓰는 것을 아끼지 않는다.

지금 당장 부자가 아니라면 먼저 자신의 생활 방식을 점검해야 한다. 매일의 소비 습관을 돌아보고, 불필요한 지출을 줄이는 것이 필요하다. 필요 없는 물건을 사지 않고, 정말 필요한 것에만 돈을 쓰는 습관을 길러야 한다. 이렇게 하면 자연스럽게 돈이 모이게 되고, 모인 돈을 바탕으로 더 큰 목표를 향해 나아갈 수 있다.

또한, 부자가 되기 위해서는 시간이 필요하다. 엄청난 행운을 갖고 있지 않은 이상 하루아침에 부자가 되는 것은 불가능하다. 큰 목표를 세우고, 목표에 도달하는 과정을 위한 작은 목표를 세우고, 하나씩 이루어 나간다면 어느새 부자가 되어있을 것이다.

마흔에 읽는 철학

ⓒ 지혜의 숲 2024

초판 1쇄 인쇄 2024년 11월 1일
초판 1쇄 발행 2024닌 11월 11일

지은이	지혜의 숲
편집인	권민창
디자인	김윤남
책임마케팅	김민지, 정호윤
마케팅	유인철
제작	제이오
경영지원	백선희, 권영환, 이기경

펴낸이	서현동
펴낸곳	㈜오팬하우스
출판등록	2024년 5월 16일 제2024-000141호
주소	서울특별시 강남구 테헤란로 419, 11층(삼성동, 강남파이낸스플라자)
이메일	info@ofh.co.kr

ISBN   979-11-94293-51-4 (03810)

마인드셀프는 ㈜오팬하우스의 출판브랜드입니다.

· 이 책은 저작권법에 따라 보호받는 저작물이므로 무단전재와 무단복제를 금지하며,
  이 책 내용의 전부 또는 일부를 이용하려면 반드시 저작권자와 ㈜오팬하우스의 서면동의를 받아야 합니다.
· 책값은 뒤표지에 표기되어 있습니다.
· 잘못된 책은 구입한 서점에서 바꿔드립니다.